メディアワークス文庫

恋する死神と、僕が忘れた夏

五十嵐雄策

目　次

これは、再会の物語。
再会であり、エピローグでもある、終わってしまった後の物語だ。

☾

できるだけ目立たないで日々を過ごしていこうと思っていた。

どうせだれかと関わりを持ったって、いずれは忘れられる。どれだけ親密な関係を築いたって、『忘却』される。時とともに、思い出の中から消え去ってしまう。

それだったら、最初からそんな希望は持たない方がいい。

なくしてしまうことが定められている望みなんて、抱かない方がいい。

——喪《うしな》うことの辛《つら》さは、よく知っているから。

だから、それは偶然だった。

仕事のためにたまたま訪れた水族館。

その中で、あの人と出会ってしまったのは。

そこで——わたしは二度目の初恋をした。

プロローグ『再会の花』

0

目の前に、死神が立っていた。

比喩表現ではない。本物の——死神だ。

死神……物語や神話なんかに出てくる、死を司《つかさど》る不吉な存在。

大抵は、黒衣を着た骸骨で、手に鎌を持った不気味な姿で描かれている。

なるほど、元々どちらかといえば地味な色合いの制服姿は、夜の闇に紛れて黒衣に見えなくもないかもしれない。手にしている真っ赤な傘は、鎌とは言い難《がた》いが、手に持つ長物という意味では近いものだと言えなくもないのではと思う。

だけど、その持ち主が放つ圧倒的な明るさとエネルギーとが、致命的に目の前の存在を不吉で不気味という形容からは縁遠いものとしている。さらに言えば、ここがある意味で和を象徴する寺院である長谷寺《はせでら》というロケーションも、死神という西洋風の存在をこの上なく浮いたものとしていた。

「今日は来てくれてありがとう、望月《もちづき》くん！」

死神はこの上なくフレンドリーな口調でそう僕の名前を呼んだ。

「こうしてちゃんとお喋《しゃべ》りするのは……もしかしたら、はじめて……かも、だよね？挨拶とかはしたことがあったと思うけど」

「うん、そうだね」

「うーん、それにしては感動がないなあ。美少女とのはじめての会話なんだから、もっとハグとかして喜んでくれてもいいんだよ？」

そう言って笑う。向日葵《ひまわり》のような笑顔とはこういうことを言うんだろう。それだけで、辺りに落ちる影がワントーン明るくなったようにも思えた。言っている内容は若干アレだったけれども。

「ま、それは後々の楽しみにとっておくとして……さてさて、さっき話した通りわたしは死神なんだけど」

まるで自分の部活を紹介するみたいに彼女は言った。

「今日こうして望月くんを呼び出したのには、理由があるのです」

「理由？」

「うん」

死神からの呼び出しなんて、普通に考えれば死の告知やそれに類すること以外に考えられない。だけど当の死神が見知った相手であるということから、そうではない可能性もあり得る話だった。

そしてその予想通り、彼女が口にした言葉は、僕に対する死の告知ではなかった。

ただし、その内容も極めて想像外のものだったけれど。

こほんと小さく咳払《せきばら》いをすると、死神は少しだけ芝居がかった様子でこう言った。

「望月くん。――キミを、死神にスカウトしに来たよ」

目の前にいたのは、身長百五十二センチの死神。

これが僕と茅野《かやの》花織《かおり》の――出会いだった。

――それが大きな間違いだったということに、僕はずっとずっと後になって、大きな後悔とともに気付くことになる。

第一話『鎌倉の死神』

1

たとえば、大切なものというのは喪ってはじめてその価値に気付くのだろう。
無くしてしまった思い出のように。
幻のようにたゆたう、春の夜の匂いのように。

その日は、確か何の変哲もない一日だったと思う。
いつも通りに朝起きて学校に行き、退屈な授業を受けて、昼休みには校舎を抜け出して校外へと向かう。その合間に適当に友だちと他愛のない会話を交わす。それ自体は、一年三百六十五日の中で二百日は繰り返されるのではないかというありふれた日常だ。

やがて授業時間は終わり、放課後になる。

部活にも委員会にも入っていないことから、僕はクラスメイトたちに挨拶をして、家路に就くべく教室を出た。

ここまでは、ごくごく普通の一日だった。

違ったのは、ここから。

靴を取り出そうと下駄《げた》箱を開ける。

「……ん？」

すると、下駄箱の中に何かが入っていることに気付いた。

ピンク色の便せんに入れられた手紙。そこにはかわいらしい丸文字で、『十八時に、長谷寺の見晴台《みはらしだい》で待っています』と書かれていた。

それだけを見たら、すわだれかからの告白かと思い、胸を躍らせる一大事でもあったのかもしれない。あるいは何かのイタズラかと思い、ため息とともにゴミ箱にそっと投げ入れるだけの出来事だっただろう。

そのどちらとも思わなかったのは、差出人の欄に『茅野花織』と書かれていたからだ。

茅野花織。

クラスメイトの名前だった。

明るく社交的で、いつだってクラスの中心にいる、名前の通り花のような存在。その人懐こい性格も、間違いなく美人と言っていい容姿も、そして制服のスカートの短さも相まって、男女問わず人気だった。同じクラスメイトとはいっても、僕は二言三言挨拶をしたことがあるくらいで、特に親しくはない。その茅野さんがいったい何の用なのだろうか。

たぶん無視することもできたと思う。というか普通に考えたらそうするのが自然なのかもしれない。だけどその短い手紙の中に込められた何かを感じて、学校を出た足は自然と長谷寺へと向かっていた。

長谷寺は、通っている高校がある北鎌倉から四駅ほど離れた長谷駅にある。

JR横須賀線《よこすかせん》で鎌倉に出て、そこから市街地を走ることで有名な江ノ島電鉄線、通称江ノ電に乗って五分ほどで到着する。

長谷駅は小さな駅だけれど、昔ながらのレトロな駅舎には風情があって、観光客などで賑《にぎ》わうことが多かった。今日もこの時間にもかかわらず、老若男女たくさんの人たちの姿があった。

人の波をかいくぐるようにして駅を出る。大通りを右手に進み、さらにその先の交差点を左に曲がれば、すぐに長谷寺が見えてくる。

長谷寺は鎌倉周辺でも有名なお寺だ。

上境内と下境内に分かれた広い敷地《しきち》を有する古寺で、境内全域が四季折々の花々で彩られていることから、『鎌倉の西方極楽浄土』『花の寺』とも呼ばれている。地元の人ならばだれでも知っている観光名所で、ガイドブックなどに必ず取り上げられる場所の一つにもなっていた。

拝観時間はすでに終わっているはずなのに、門は開かれていた。辺りには人気がなく、咎《とが》められる様子もなかったので、僕は「失礼します」と小さく口にして門をくぐった。

境内にも人の気配はなかった。

拝観時間外とはいえ、この時間なら関係者の一人ぐらいはいてもおかしくないのに、それすらも見当たらない。まるでここだけが世界から切り取られてしまったかのように、シンと静まり返っている。

『花の寺』と言われるだけあって、見回せば辺りには紫陽花《あじさい》や皐月《さつき》などの季節の花が咲き誇っていた。昼過ぎまで雨が降っていたということもあってその大半は露《つゆ》に濡《ぬ》れてしまっていたけれど、葉を黒く染めたその様子は、それはそれでまた趣があって魅力的だった。

手紙に書かれていた見晴台は、上境内にあるはずだ。

勾配の急な石段を上って、その先を目指す。

やがて指定された見晴台が近づいてくる。

すると暗闇の中に、小さな人影が立っているのが見えた。

遠目からでもすぐに分かった。夕闇に覆われた薄暗い風景には似つかわしくない、光のある華やかな存在。ただそこにいるだけで周りに光を与えるような、そんな印象を全身から放っている。

その華やかな存在が、まさか自分のことを死神だと名乗るなんて、この時点では想像もしていなかった。

茅野さんは僕に気が付くと、傘を持った手を大きく振った。

「あ、こっちこっち！」

静寂に響く大きな声で呼びかけてくる。

あまりにもよく通る声だったため、だれかお寺の人に気付かれるんじゃないかと気が気じゃなかったので、慌てて彼女のもとへと駆け寄った。

「ええと……」

「とりあえず来てくれてありがとう、望月くん！」

そう言ってぎゅっと手を握ってくる。柔らかい。名前の通り、どこか懐かしい花のようないい匂いがする。僕はというと、突然の過剰なスキンシップにどう反応していいか分からずに固まってしまう。

内心の焦りを誤魔化すように、明後日《あさって》の方向を見ながら僕は言った。

「それで、何の用？」

「ん？」

「何か用事があるから、僕をここまで呼び出したんじゃないの？」

「あ、そうそう！　あのね」

そこで彼女は小さくこほんと咳払いをすると、少しだけ改まってこう口にした。

「あのね、実はわたし、死神なの」

「……。……は？」

しに……何て言った？

あまりに普段使わない単語に、頭が漢字に変換してくれない。

訝《いぶか》しげな表情になる僕に、茅野さんは苦笑いを浮かべた。

「あー、うん、それはそういう反応になるよね。でもね、これが本当のことなのです。

わたしは死神で、人の『死』と『忘却』に携わる仕事をしているのです」

「……」

どうしよう、本気でどういう反応を返せば正解なのかが分からない。

死神なんて、そんな単語を聞くのは漫画や小説の中か、せいぜい冗談で使われるのがいいところだ。

だけど茅野さんはそんな質の悪い冗談を言うような人ではない……と思う。

真《ま》っ直《す》ぐで、感情表現が豊かで、よく笑って、まるで夏に咲く大輪の向日葵のような存在で。もっとも、それはあくまで数少ない彼女に対する記憶から推測した印象でしかないけれど。

しかも話はこれで終わらなかった。

彼女は、あろうことか僕を死神にスカウトしにきたと言い放ったのだ。

「スカウトって……？」

「言葉通りの意味だよ。君に、死神の見習いになってもらいたいの。わたしの助手として」

「なるとどうなるの？」

「わたしといっしょに仕事をしてもらいます。残業なし有給完備のホワイト企業で、ちゃんと福利厚生もあるから安心だよ」

「賃金とかは？」

「賃金はないよ！　ほら、そこはやりがいが何よりの報酬ってことなんじゃないのかな？」

「それ完全にブラック企業じゃ」

ブラックどころか真っ黒だ。

「いいのいいの、そういう細かいところは気にしない。それでどうするの？　やるの？　働くの？　雇われるの？」

「それ全部同じだって」

「ん、そうかな？　ま、いいからいいから。やるよね？」

その口調から、彼女は僕が断ることはまるで想定していないようだった。

「……」

茅野さんの言うところの死神が何を意味しているのかは分からない。

何かの比喩なのか、あるいは象徴的なものなのか。だけどそれが何であれ、そこには少なくとも僕に対して害を与える意図はないように思えた。悪いことには巻き込まれないだろう。……たぶん。

　なのでとりあえず、彼女の話に付き合おうと決めた。

「……分かったよ。やる」

　僕がそう答えると、茅野さんは跳び上がって喜んだ。

「さすが望月くん！　そう言ってくれるとわたしは五年前から知ってたよ！」

　そんな適当なことを言ってピョンピョンと飛び跳ねる。その度にスカートの裾がヒラヒラとめくれるのが危なっかしくて仕方がなかった。

　ひとしきり飛び跳ねた後、茅野さんはにっこりと笑って口にした。

「じゃあさっそく行こうか」

「え？」

　行く？

　って、どこに？

　怪訝《けげん》な表情になる僕に、彼女は眉をハの字にした顔で、こう言ったのだった。

「え、じゃないよ。死神、やってくれるんでしょ？　――だったら、初仕事にだよ」

　こうして僕は――死神見習いとなった。

2

鎌倉というのは、不思議な街だ。鶴岡八幡宮《つるがおかはちまんぐう》や源氏山公園《げんじやまこうえん》などに代表される寺社や史跡が多く存在し、古民家が多いという歴史的な要素を内包しながら、駅前まで足を延ばせば普通に大型スーパーや大手銀行、洒落《しゃれ》たカフェなんかも見ることができる。電車も三路線が通っているし、バスなどの交通の便もいい。

古さと新しさとが同居している街。

五年前に交通事故で両親を亡くしてから、僕はそれまで住んでいた藤沢からこの鎌倉にある叔母の家に移って暮らしていた。昔ながらの木造日本家屋が並ぶ閑静な住宅街で、近くには佐助稲荷《さすけいなり》や銭洗い弁天などがある。近所に住んでいるのは気のいい年輩の人たちばかりだ。顔を合わせれば挨拶と世間話は欠かさないし、野菜やおかずを差し入れたりしてくれることもある。この素朴でありながらどこか温かい街での暮らしを、僕は気に入っていた。

「それで、どこに行くの？」

「こっちだよ。まずは電車電車」

長谷寺を出た彼女は、江ノ電に乗るべく長谷駅へと向かった。死神も江ノ電を使うのか、などという妙な感慨を抱きつつ、彼女に倣って車両に乗り込み、その隣に腰を下ろす。

電車の中でも、彼女はよく喋った。

「それで、望月くんは女の子の胸と脚、どっちが好きなのかな？」

「え、いきなり何その質問」

「なんかね、男子って歳《とし》を取るにしたがって、だんだん女子への興味が下の方に移っていくんだって。だから望月くんは足の裏くらいかなって」

「老人レベル……？」

枯れすぎもいいところだ。

「違うの？　じゃあくるぶしくらい？　かなり譲って足首とか？」

「これでもいちおう、茅野さんと同じ歳なんだけど……」

「えー、でも望月くんは、何だか枯れ木みたいな感じだからなー」

どちらかと言えば喋ることは得意ではない僕だったけれど、内容はともあれ、それなりに会話に花が咲いた方だったた。それはきっと茅野さんの話術が巧みだったからなのだろう。しつこいようだが内容はともあれ。

それにしても、と改めて思う。

目の前のクラスメイト兼自称死神。

顔立ちは周囲の目を引くほど整っていて、話し好きで、僕とは正反対の明るい性格。茶目っ気もある。

本当に、どうしてこんな子が自分は死神なんてことを言っているのだろうか。そして何でまた、僕をその助手としてスカウトしようなどという考えに至ったのか。

何度考えてみてもさっぱり分からない。

そういえば彼女は演劇部に入っていたような気がしたから、その部活動の一環とかだろうか？　でもそうだとしても僕を巻き込む理由が見えない。学校外でやる必要もないだろう。

色々と考えながらつい彼女を凝視していると、僕の視線に気が付いたのか、彼女は一言こう口にした。

「……惚《ほ》れちゃった？」

「……違う」

本当に、これが死神……？

何から何までミスマッチすぎる。

半ば呆《あき》れていると、彼女は「ちぇー」となぜか残念そうに口にした。

鎌倉駅で江ノ電を降りて、そこからは徒歩だった。

東口へと出て、そのまま駅前を抜けて歩いていく。

街灯と蒼《あお》い月の光だけが僅かな明かりを落とす暗闇の中で、彼女と僕の足音だけが交互に響く。二つの長い影が追いかけて来た。

夜の空気は好きだった。

特にこんな、穏やかで静かな、春と夏との境目の夜は。

「春の夜って、何だか雰囲気があるよねー」

茅野さんが言った。

「終わりゆく春とやがて来る夏が入り混じったみたいな、独特の空気。月もすごく綺《き》麗《れい》に見えるし。わたし、好きだな」

「あ、分かる。何だろう、何だかいつもよりも蒼く鮮やかに輝いているっていうか」

「そうそう。これってね、空気中の塵《ちり》とかの関係で蒼く見えてるんだって」

そんなことを話しながら、ほとんど人の通らない夜の道を、彼女と並んで歩く。

彼女の隣は、何だかとても落ち着いた。

余計な気を遣わずに自然体でいられるというか、人といることがあまり得意でない僕でも、ずっと昔からの知り合いといっしょにいるような心地に錯覚させられる。彼女の持つ人懐こく馴染《なじ》みやすい空気がそうさせているのだろうか。そういえば学校でも、初対面の相手にもすぐに打ち解けていた。

そんな風に気持ちが少しだけ緩んでいたからかもしれない。

不覚にも目的地に着くまでは気が付かなかった。

思い出せなかった。

自分がどこを歩いていたのかを。

十五分ほど歩いた後、茅野さんは言った。

「——着いた、ここだよ」

「ここって……」

「今日の、目的地」

茅野さんの言葉で、ようやく我に返る。

そして今さらになってはっきりと思い出す。自分が歩いていた道がよく見知ったものであること。その先にあるものが、一つしかないことを。

「え……」

辿《たど》り着《つ》いた先。

――そこは、昼休みにも一度訪れた、病院だった。


この時点で、ある程度の予感はしていたと思う。

乾いた音を立てるリノリウムの廊下を、茅野さんは無言で進んでいく。

彼女が向かった先は、この一ヶ月でもう何度通ったのか分からないほど見慣れた病室だった。

「……やめろ」

思わずそう口に出していた。

死神なんて、何かの冗談に決まっている。

だれかに死を告げる存在なんて、物語や空想の中だけの話に決まっている。

だけど僕は声を荒らげざるを得なかった。

頭の中から、様々な感情と記憶が間欠泉のように湧き上がってくる。

だって、この病室にいるのは――

「失礼します」

そう言って、茅野さんは病室の扉を開いた。

ふわりと、春の夜のような甘い匂いが漂う。部屋の中は、広さの割には簡素な造りだった。十五畳ほどの空間の中に、ベッドと小さめのキャビネット、オーバーテーブルだけが置かれている。窓際に面したベッドの上では、細身の若い女の人が身体《からだ》を起こして本を読んでいた。

女の人は僕らの姿を目に留《と》めると、首を傾けた。

「あれ、どうしたの、章《あきら》くん」

「あ、いえ……」

「忘れものでもした？　それとも何か届け物でもあったっけ？」

「そうじゃなくて……」

慌ててここに来た理由を探す。

茅野さんが、自称死神が余計なことを言い出す前に、一刻も早くこの場を立ち去らなくては。それればかりが頭の中を巡っていた。

だけどそれは、少しばかり遅かった。

「あら、そっちのあなたは……」

「こんばんは」

茅野さんが歌うようにそう言った。

「ん、こんばんは。章くんのお友だちかな？」

「ううん、違います」

「茅野さん！」

「──わたしは、死神です」

言ってしまった。

病室という場にあまりに不似合いな、人を死へと誘《いざな》う不吉な呼び名。

普通だったら何を言っているのかと困惑するか、縁起でもないことを言うなと怒るところだろう。

だけどベッドの上の彼女は、不思議とそれを受け入れたようだった。

「そっ、か……死神か……」

困ったような顔で小さくつぶやく。

「とうとう来ちゃったってことかー……今回はまだ大丈夫かな、とは思ってたんだけどねー」

「叔母さん……」

彼女は……僕の叔母だ。

母親の年の離れた妹で、子どもの頃からよく面倒を見てもらっていたため、僕にとってはもう一人の母親とも言える存在でもあった。五年前に両親を亡くした後、行く当てのなかった僕を引き取ってくれたのも彼女で、それ以来この鎌倉の街でいっしょに暮らしていた。叔母さんは明るくて優しい人で、とてもよくしてもらっていた。だけど生まれつき身体が弱くて、昔から病院通いを繰り返していた。それが一ヶ月前に悪化して、とうとう入院せざるを得なくなってしまっていたのだ。

「こら、叔母さんって呼ばないでって言ったでしょ。春子《はるこ》さん。これでもまだ二十代なんだから」

こんな時でも、彼女はその明るさを崩したりはしない。

叔母さんの——春子さんのその性格にはこれまで何度も救われてきたけれど、今回ばかりはそれが逆に胸を締めつけた。

「それで、死神さんは何をしにあたしのところに来たのかな？　やっぱりあなたの寿命はあと何日で、これこれこういう原因で死にますとかを告げたりするの？」

「それもあります。だけどわたしが来たのは、もっと別の理由によるところが大きいです」

「別の理由？」

「はい」

「――未練を、解消するお手伝いをします」

彼女は短くそう言った。

「未練……」

「そうです。『死』と『忘却』に関わる人の未練を解消する。それが死神の役目なんです」

「そう、なのね……」

未練？　何のことだ……？

だけどそれ以上語らなくとも、二人には通じ合ったようだった。

蛍光灯に照らされて白くぼんやりと浮かび上がる病室の中を、沈黙が覆う。キャビネットの上に置かれていた沈丁花《じんちょうげ》の花瓶だけが、やけに鮮明に見えた。

やがて、春子さんがゆっくりと口を開いた。

「……死神さんは、未練の解消、手伝ってくれるのよね？」

「はい」

「そうね、だったら」

そこで春子さんは、何かを考えこむように一度言葉を止めた。

そして僕と茅野さんの目を見ると、静かな、だけど確かな意思が込められた口調でこう言ったのだった。

「——行きたいところがあるの。だからあたしを、そこに連れていって」


「どういうことなんだよ！」

病院を出て、僕は茅野さんに詰め寄った。

「叔母さんが、春子さんが相手だなんて聞いてなかった！　それに未練って……」

「言葉の通りだよ」

茅野さんが小さくうなずく。

「わたしは死神。そして死神の仕事は、『死』と『忘却』に関わる人と接触を持って、その結末を見届けること。そして未練がある人には……その未練を解消する手伝いをすること、だよ」

「……」

彼女の言葉にぎゅっと拳を握りしめる。

この期に及んでも、たぶん僕は認めたくなかったんだろう。

春子さんが――もう間もなく死んでしまうということを。

「……それは、つまり……」

「そう。あの人は……一週間後に、亡くなります」

「……っ……」

死神なんていう彼女の言葉を頭から信じたわけじゃない。

だけど彼女の静謐《せいひつ》をたたえた目と、滲《し》み出す厳かな空気とが、それが真実であるということをイヤというほど示していた。

「本当、なんだな……」

「……」

「春子さんは、もう……」

もう、の先は続けることができなかった。

言葉にしてしまったら、音にして世界に放ってしまったら、それを認めてしまうような気がして、イヤだった。

そしてこの時、僕は『死』という言葉にばかり捕らわれて、茅野さんが言っていたもう一つの言葉に注意を向けていなかった。

『忘却』という言葉。

それこそが、これから起こること全ての核心をつくものだったのに。


夜に沈んでしまったかのように真っ暗な家は、シンと静まり返っていた。物音一つ話し声一つ聞こえてこなくて、人の気配がまるでない。それはこの家の中には僕しかいないのだから当然なのだけれど。

茅野さんと別れた後、どこをどう歩いたか分からないまま家に戻った。

今日一日で色々なことがありすぎて、頭が付いてきていなかった。

クラスメイトの茅野さんが死神で、そしてその死神が訪れた相手が叔母さんで。

まるで悪い夢だ。寝付きの悪い夜に見る短い悪夢。夢なら早いところ覚めてくれないかと心から思うものの、その願いは叶《かな》わなかった。

頭を振って、居間に視線を戻す。

少し大きめの木製ダイニングテーブルが、暗闇の中にぼんやりと浮かび上がっているのが見えた。

　ここでよく春子さんといっしょに食事をした。

春子さんの料理を食べながら、その日にあった他愛もないことをお互いに報告し合って、笑い合った。賑やかで楽しい時間を過ごした。

　それだけじゃない。どこを見回しても、春子さんとの記憶がよみがえる。

　いっしょに暮らしていたのは五年間とはいっても、この家には数え切れないほどの思い出が染みついていた。そしてそれはこれからも続くものだと信じて疑っていなかった。

　だけどその思い出が更新されることはもうない。

　更新されることのない思い出は、風化して、やがては忘れられていくだけの砂の城のようなものだ。

「……っ……」

　一時のことだと思っていた。

　少しの間待っていればまた春子さんは元気に戻ってきて、この家でいっしょに暮らしていくものだと、そう信じて疑っていなかった。

　それなのに、もうその望んでいた日々はやって来ない。

もう、二度と。

声にならない叫びとともに、僕はその場にしゃがみこんだ。

主のいない居間の床は、ただ冷たくて硬かった。

3

その日はよく晴れた気持ちのいい日曜日だった。

昨日まで降っていた雨はすっかり止《や》み、空にはまばゆいばかりの太陽が輝いている。

気温も暑すぎず寒すぎないちょうどいい具合で、どこかに行くのには最適な一日だった。

僕たちは、外出許可をもらった春子さんとともに、病院の前に集まっていた。

「うーん、いい天気。気持ちいいくらいの晴天だね」

そう口にして、春子さんが腕を大きく伸ばす。

「ありがとうね、章くん、付き合ってもらっちゃって」

「いえ、そんな」

「死神さんもありがとう。今日は一日よろしくお願いします」

「いえいえ、これがわたしのお仕事ですから！」

ぐっと胸の前で手を握って茅野さんがそう答える。

本当に、何度見てもこの陽気なキャラが死神とは到底思えなかった。

「それじゃあ、どこに行きますか？　北は北海道《ほっかいどう》から南は沖縄の果ての波照間島《はてるまじま》まで、どこでもグリーン車とファーストクラス、地上の移動はリムジンで連れて行きますよ！　望月くんのポケットマネーで！」

「僕かよ！」

「え、だって望月くんは春子さんのことが大好きでしょ？　大好きな人のためなら何も惜しむものはないっていうのが、男の子なんじゃないの？」

「それは、そうだけど……」

それとこれとは話が違う。

そんな僕らを見て、春子さんはくすくすと笑っていた。

まあ、春子さんが楽しそうなら、僕としては構わないのだけれど……。

「それで春子さん、本当にどこに行きますか？」

「そうね、それじゃあ波照間島ならぬ、江の島に行ってもらえるかな」

どうやらそこが今日の目的地のようだった。

少しだけからかうような口調でそう言う春子さんに、僕はちょっとだけ憮然《ぶぜん》とした顔でうなずき返した。

鎌倉駅までバスで向かい、そこから江ノ電に乗って江ノ島駅まで移動する。そこからさらに十分ほど徒歩で移動すれば、江の島弁天橋の向こうに江の島が見えてくる。

「おー、江の島だー！」

なぜか茅野さんが興奮したように声を上げる。

「江の島といえばあれだよね、えの！ しま！ どーん！」

「何それ？」

「え、知らないの？ 望月くん、釣りとかはしない人？」

「知らない。釣りもしない」

「え、うっそ、女の子はたくさん釣ってそうなのに」

「……」

……最後にものすごく失礼なことを言われたような気がする。

茅野さんの言っていることが何かは結局分からなかったけれど……ともあれ江の島は、ある意味春子さんと僕にとって思い出の場所だ。

忘れられない、印象的な場所。

だからこそ、春子さんは訪れたい先にこの場所を選んだのだと……思う。

「そういえば死神さん、ありがとうね、あれから何回もお見舞いに来てくれて」

春子さんがこっちを振り返りながら言った。

「いえいえ、望月くんの叔母さんなら、わたしにとっても他人じゃありませんから！」

「いやそれは完全に他人だから」

「えー、だってわたしと望月くんは将来を誓い合った深い仲じゃない。蒼く輝く月の下で、死と忘却が二人を分かつまで永遠にお互いを想《おも》い合うことを――」

「誓い合ってない」

という突っ込みはさておき。

「どういうこと？　茅野さん、春子さんのお見舞いに来てくれたの？」

「あ、えーと、それは」

「うん、そう。死神さんね、あれからほとんど毎日欠かさず来てくれて、話し相手になってくれたの」

代わりに春子さんが答える。

そうなのか。

意外に思って茅野さんを見ると、少しだけ照れたような表情をした後に右手でVサインを作った。いやお見舞いに来てくれた気遣いには感謝するけれど、今どきVサインって。

「色々聞かせてもらったわよ。章くんが学校では意外と女子に人気があるとか」

「茅野さん……」

「えー、だってほんとのことだもん。あんまり喋らないけど、実はやさしくて気遣いができるところとかがポイント高いって、隠れ人気キャラなんだから。他にも校舎裏で猫語を喋りながらこっそり野良猫にご飯をあげてることとか、水族館が好きで魚のことに偏執的に詳しいとかも、女子には好評なんだよ」

「何でそんなこと知ってるの⁉」

「死神の情報網は優秀なのだよ、ふっふっふ」

「分かった、分かったから……！」

そんな恥ずかしい情報を暴露されては白旗を上げるしかない。

というか彼女はどうしてそんなにムダに詳しく僕のことを知っているんだろう。今までほとんど話したこともなかったのに。

僕がため息を吐いていると、春子さんがぽつりと言った。

「でも死神さんが来てくれて、助かったかもしれないわ」

「え？」

「ほら、最近じゃすっかりお見舞いに来てくれる人もいなくなってたし」

「春子さん……」

その言葉に、思わず返答に詰まる。

そう……確かにここ最近、春子さんへの見舞客の姿が少なくなっていた。

少し前までは近所に住んでいる人たちや、人付き合いのよかった春子さんのたくさんの友人が訪ねてきていた。時間によっては何組かバッティングすることもあって、大変だったくらいだ。だけどまるで潮が引くように、この数日はだれも来ない日々が続いていた。そのことは僕も気になってはいたんだけれど……

「……うん、でもそれは仕方のないことなのよね。去る者は日々に疎し。あたしはもう去っていくだけの人間だもの。みんなの中からも消えていくのは、忘却されていくのは、しょうがないことなんだよ、きっと」

「……」

小さく笑いながらそう口にする春子さんに、僕は何も言うことができなかった。

江の島はこの辺り——湘南《しょうなん》を代表する景勝地であり、古くからの観光名所となっている場所だ。神奈川県《かながわけん》指定の史跡・名勝であって、日本百景の地でもあり、その名前を知らない者はまずいないだろう。陸続きではあるものの、れっきとした島であり、江ノ島や江島と表記されることもある。

地形としては東山と西山という山二つが中心となっていて、周囲は磯《いそ》に囲まれ崖になっている場所も多い。

僕たちは春子さんの希望で、ゆっくりと散策をしながら奥へと向かうことにした。土産物屋や飲食店で賑わう参道を抜けて、青銅の鳥居と朱の鳥居と呼ばれる二つの鳥居をくぐり、その先にある江ノ島エスカーと呼ばれるエスカレーターを使って、さらに上へと移動していく。

「これ、何でエスカーっていうんだろ?」

茅野さんが首を傾げながらそう言った。

「エスカレーターみたいだからじゃない?」

「それなら普通にエスカレーターでいいじゃん。レーターがなくなった意味はどこにあるというのかね?」

「それは……」

確かに、どうしてだろう。普通に江ノ島エスカレーターでもいいだろうに。

何かそれなりの意味でもあるのかと思ったけれど、後で聞いた話だとただの略称らしい。少しだけ拍子抜けした気分になった。

エスカーを上った先には、神社があった。

江島神社と呼ばれるそこは日本三大弁財天の一つにも数えられている場所で、『辺《へ》津宮《つみや》』『中津宮《なかつみや》』『奥津宮《おくつみや》』の三社からなっている。パワースポットとしても有名で、女性の参拝客の姿も多く見られた。

「何だかこうやってお参りをしてるとエネルギーがわいてくるような気がするよ。うん、活力がみなぎってくるっていうか」

「……死神が？」

「あ、偏見。おけらだってあめんぼだって、死神だってちゃんと生きてるんだからねー」

生きている死神というのは、言葉として矛盾していないのだろうか。

それにしても――この茅野さんの明るさにはずいぶん助けられていた。

どこまでも屈託がなく、顔を見れば笑っている、陽気な自称死神。彼女の咲き誇る向日葵のような明るさがなければ、きっと僕は耐えられなかっただろう。ヘタをしたら逃げ出してしまっていたかもしれない。春子さんと巡る、この思い出の地での最期の時間に。

ちらりと横を見る。

江島神社のお堂を見ながらなぜだか「むむむ」となっている茅野さんの隣で、春子さんは穏やかにたたずんでいた。肩より少し長い髪が風に揺られてなびいている。その前髪の向こうに、右目の上に、今も残る傷痕があることを僕は知っている。

ふと、春子さんと目が合った。

彼女は僕の視線に気が付くと、にこりと笑った。名前の通り春を思わせるような穏やかな笑みで。そう、春子さんの笑みは春の夜みたいだった。どこまでも円《まど》かで、心地《ここち》好くて、小さな頃からこれを見ているだけで不思議と心が落ち着かされるような気がした。だけど今の僕は、それにうまく笑い返すことができなかった。

「こら、何て顔するのよ、章くん」

春子さんが困ったように笑いながら首を傾けた。

「これでもうら若い乙女なのに、目が合ってそんな苦虫を嚙《か》み潰したみたいな顔されたら、自信なくなっちゃうじゃない」

「それは……」

「望月くん、きっと照れてるんですよ。ほら春子さん美人だし、望月くんって美人にはマングースと対峙《たいじ》したハブみたいに弱いですから」

「……」

本当に……助けられている。いささかイラっとさせられるところもなくはないと言えるのだけれど。

江島神社を出て、次に向かったのは、江の島展望灯台だった。

江の島サムエル・コッキング苑へと入り、道なりに進んだ先にある海抜およそ百メートルの展望台。富士山《ふじさん》をはじめ伊豆半島《いずはんとう》や箱根、大島や三浦半島など、三百六十度の景色が見渡せるようになっている。

僕たちは三人で並んで手すりにもたれかかった。

「あれ、章くんが通ってた小学校じゃない？」

「え、どこですか？」

「ほら、あそこの白い建物。校庭も見える」

「あ、確かにそうですね」

遠く霞《かす》む景色の向こうにかすかに見えたのは、確かに藤沢にある僕が通っていた小学校の校舎だった。取り立てて特徴のない普通の公立小学校で、春子さんに引き取られて鎌倉に引っ越すまでの五年間、僕はそこに通っていた。

そこにも、春子さんとの思い出がある。

もともと昔から、春子さんは僕のことをかわいがってくれていた。両親がまだ生きていた頃も、休みの日になればうちにやって来たり、自宅に呼んだりして、遊び相手や面倒を見てくれていた。僕は春子さんのことを本当の姉のように、母親のように思っていたし、きっと春子さんも同じように思ってくれていたのだと思う。

こんなことがあった。

確かあれはまだ、僕が小学校一、二年生くらいだった時のことだ。

授業参観があった。

平日の五時間目か六時間目辺りに行われる、あれだ。母親は仕事が忙しいということで来られないということはあらかじめ伝えられていた。こういった行事に来てくれたことはそれまで一度もなかったので、最初からさして期待もしていなかったけれど、周りのクラスメイトたちが口では「ちぇー、親なんて別に来なくていいのに」「だよなぁ」「うちの親さあ、若作りで恥ずかしいんだよ」などと言いながら、実際に自分の両親たちがやって来た時の照れ笑いのような反応を目にした時の疎外感が、たまらなくイヤだった。だからいつもこういった行事の時は黙って下を向いて、ただ時間が過ぎるのを待つのが常だった。

制服姿の春子さんが飛びこんでくるまでは。

その時、春子さんはまだ高校生だった。きっと、授業が終わってすぐに駆けつけてくれたのだろう。髪を振り乱して、肩で息をしながら、転がるように教室に入ってきた。そして僕の姿を見つけると、「章くーん！」と呼びかけながら嬉《うれ》しそうに大きく手を振ってくれた。その春のような笑顔で。

クラスメイトたちは「あれだれ？」「望月くんのお姉さん？」「制服着てる、制服！」と騒ぎ立てた。だけど僕にとって、それは福音に他ならなかった。いつまでもこっちに向かって手を振り続けているのを少しだけ恥ずかしく思いながらも、授業中ずっと頬が緩むのをとめられなかったのを覚えている。その出来事は、僕の中の決して忘れられない思い出の一ページとなった。

たぶんもうその時から、僕にとって春子さんは家族だったんだと思う。

「ん、どうしたの、章くん」

「いえ、何でもないです」

「？　変なの」

そう言って、春子さんは笑った。

ふわり、と彼女の匂いが鼻をかすめる。

甘やかな、沈丁花の香り。

春子さんは僕にとって、姉であり、母親であり……そして唯一の家族でもあった。

それは今も昔も、そしてこれからも、変わらない。


何かがおかしいと感じたのは、それからすぐのことだった。

サムエル・コッキング苑を後にして、次の目的地へと向かう途中、ふと見知った顔が目に入った。

あれは……確か、近所に住んでいる佐伯《さえき》のおばさんだ。いつもお総菜を分けてくれたり、野菜を届けてくれたりして、とてもよくしてくれている。春子さんともとても仲が良く、入院前は楽しそうに二人で話しこんでいる姿をよく見かけていた。

「こんにちは」

僕が挨拶をすると、佐伯のおばさんは人の良さそうなその頰を緩めた。

「あらまあ、章ちゃんじゃない。偶然ね、こんなところで会うなんて。今日はどうしたの？」

「あ、はい。ええと、用事があって」

「そうなの。おばちゃんはね、今日はちょっと買い物でシラスを買いに来たの。そのついでで、どうせなら久しぶりに色々回ってみようかなって。ほら、江の島にこうして来ることなんてなかなかないから」

そう言って人好きのする顔で笑う。

笑った顔が少し狸《たぬき》に似ているというのは秘密だ。

佐伯のおばさんは、僕の後ろを歩いていた茅野さんと春子さんの方に目を向けた。

「あ、ええと、この子は——」

放っておくと茅野さんがまた死神だとか何だとか余計なことを言い出しそうだ。面倒くさいことになる前に釘《くぎ》を刺しておこうとして、

「あら、そちらのお二人は、章ちゃんのお知り合い？」

「え？」

言いかけた言葉が止まった。

周囲の空気が、すっと冷たくなったような気がした。

「……」

今、何て言った……？

茅野さんはいい。文字通り初対面なのだし、今まさに紹介しようとしていたところなのだから。

だけどどうして、い、い、い、二人なんて言う？

それじゃあまるで、春子さんまで見知らぬ相手であるみたいな……

そういえば佐伯のおばさんも、ここ数日はまるでお見舞いに来てくれていない。ほんの少し前までは、二日と空けずに来てくれていたというのに。

言葉を返せずにいる僕の前で、佐伯のおばさんは今会ったばかりの他人を見るような目で春子さんを見ていた。それはまるで春子さんのことなどきれいさっぱり忘れてしまったかのようで……とても何かの意図があるだとか、演技をしているだとかには見えなかった。

「ちょっと、佐伯のおばさん――」

「……いいの、章くん」

言いかけた反論を、春子さんに止められる。

「だけど……」

「いいから……」

「春子さん……」

「……」

春子さんは、ただ無言で首を振った。その何かを諦めたような表情に、僕は何も言うことができなかった。

4

『忘却』とは、もう一つの『死』だ。

物理的にこの世界から消えることが死であるのならば、観念的な意味合いでこの世界から消えてしまうことこそが忘却と言えるのではないか。

表裏一体で、決して切り離せない関係。

そのことを、僕は分かっていなかった。


その後も、三人で江の島を回った。

細い路地を散策して、その一角にあるお店で江の島丼を食べて、高台から見える風景を楽しんだ。

茅野さんは変わらず明るいテンションのままで、春子さんは穏やかな笑みを浮かべていたけれど、僕はどこか上の空だった。

さっきの、佐伯のおばさんとのやり取りがどうしても忘れられない。

おばさんの、まるで他人を見るような目が頭から離れない。

心の中で、何かが警鐘を鳴らしていた。


春子さんが最後に向かいたいと言ったのは、稚児ヶ淵《ちごがふち》だった。

江の島の裏側にある磯で、近くにある岩屋やゴツゴツとした岩で覆われた独特の地形が特徴的な場所だ。

日曜日だけあって、もう間もなく日も暮れようという時間にもかかわらず、辺りでは親子連れやカップル、子どもたちのグループなど、たくさんの人たちが磯遊びに没頭していた。

「おお、タイドプールだ、タイドプール！」

そう言って放された犬みたいに茅野さんが駆け出していく。

必然、場には春子さんと僕の二人だけになった。

辺りには穏やかな風が吹いていた。潮を多く含んだそれはきっと後でべたつくのだろうけれど、少しだけ汗ばんでいる今は心地好く感じられる。空には鳶《とび》が大きく弧を描きながら飛び回り、甲高い声で鳴いていた。

風に乗って、沈丁花の匂いが鼻をくすぐった。どこか春の夜を思わせるこれは、春子さんの匂いだ。

「ねえ章くん、覚えてるかな？　ずいぶん前に、いっしょに江の島に来た時のこと」

こっちを見ないで、春子さんが言った。

「……はい」

忘れるはずがない。

僕が春子さんと江の島に来たのは……今から五年前のことだ。

五年前……両親を交通事故で亡くして春子さんに引き取られたばかりの僕は、茫然《ぼうぜん》自失《じしつ》の状態だった。大切な存在が目の前からいなくなってしまったという喪失感が胸の奥から抜けなくて、何もやる気が起こらなかった。学校にも行けずに、ただ部屋に引きこもって一日中ベッドの上で過ごしていた。

そんな僕を、春子さんは江の島へと連れ出してくれたのだ。

『ほら、一日中そんな風に閉じこもってたら干物になっちゃうわよ？　いっしょに外の空気を吸いに行こう』

そう言って、春子さんが連れて行ってくれた先が、この稚児ヶ淵だった。

周りでは同じ歳くらいの子どもたちが磯遊びや水遊びに興じていた。無邪気に小魚を捕ったり水をかけ合ったりするその様子は、とても楽しそうに見えた。

それでも僕はそれらに混ざる気にはなれなかった。心の中の灯火が消えてしまったような心地だった。だけど春子さんはただ黙って隣に立ってくれていた。それが僕には少しだけありがたかった。

やがて日は落ち、夜になった。

月の蒼い光だけがやけにまぶしく感じられる夜だった。

どうしてそうしようとしたのか、今となってはよく覚えていない。

気が付くと僕は立ち上がり、フラフラと海へと歩き出していた。

だけど中天に輝くどこまでも蒼い月を見て、海の上に淡く浮かび上がる〝月の道〟を見て、このまま月まで歩いていけばいなくなってしまった相手に出会えるのではないかと思ってしまったのだ。

「章くん？」

春子さんの声が背中から聞こえてくるのを感じた。

その直後に、僕は海に落ちた。

落ちた、というよりも吸い込まれたような感覚だった。

夜の海中は真っ暗で、上も下も分からない。僕はパニックになった。必死に手足を動かしてはみたけれど、もがけばもがくほど自分がどうなっているのかが分からなくなった。

すんでのところで引き上げてくれたのは、春子さんだった。

「大丈夫、章くん！」

気が付けば、泣きそうな表情で声を上げる春子さんの顔が目の前にあった。

飛びこんで助け出してくれたのだろう。全身は髪から何からずぶ濡れで、ポタポタと海水が滴っていた。飛びこんだ時に岩で切ってしまったのか、春子さんの右目の上からは闇の中でも分かるくらいの血が流れていた。

その光景に僕は凍り付いた。流れ出る真っ赤な血は、あの時の記憶を思い起こさせた。僕が大事な存在を失ってしまった瞬間を。

狼狽《ろうばい》する僕を安心させるように、春子さんはにっこりと笑った。

「平気平気、こんなの何でもないから。大丈夫だよ」

「で、でも、血が……」

「これくらい、すぐにとまるよ」

「そ、そんなわけ……」

「ほんと、大丈夫だから」

そう言うと、春子さんは包みこむように僕を抱き締めた。

潮の匂いが立ちこめる中に、甘くてどこか安心させてくれる、いつもの春子さんの香りがした。

「春子、さん……？」

「章くん……章くんは、一人じゃないよ」

「え……？」

「あたしがいるから。約束する。章くんを一人にはしないから」

そう言って、春子さんは笑った。

流れる血を拭おうともしないまま、痛みに耐えながらも、にっこりと笑ったのだった。その春のような笑みで。

あの時、僕は確かに春子さんに救われたのだと思う。

どうしてあの時、月に向かって歩き出したのかは、もう覚えていない。

ただそうすれば、失ってしまった何かを取り戻せるような、手の平からこぼれていってしまった何かを摑《つか》み直すことができるような気がして、気が付いたらそうしていたのだ。

「あれからもう五年か……月日が経《た》つのって、早いものだね」

春子さんが何かを噛みしめるようにそう言った。

「そうですね……」

この五年間、本当に色々なことがあった。

この稚児ヶ淵で春子さんに救われて、二人での生活がはじまって。

鎌倉での新しい生活は最初から全てが順調にいったわけじゃなかった。それまで別々の暮らしをしていた二人が同じ屋根の下で四六時中いっしょに過ごすということは言うほど簡単なことじゃなかったし、トラブルもたくさんあった。時には盛大にケンカをしたこともあった。三日も口をきかないで過ごしたこともあった。

だけど最後には、必ず仲直りをした。笑顔で笑い合った。

その全てが、春子さんとの思い出が、僕にとってはかけがえのない宝物だ。

「章くん、覚えてる？　はじめていっしょにハンバーグを作った時のこと」

「そりゃあ覚えてますよ。春子さんが真っ黒に焦がして炭になったんですから」

「あはは、そうだったっけ？」

「そうですよ。びっくりしました。春子さんが料理が苦手だってこと、それまで知らなかったから」

「うーん、できる女を演じようとしてたからねぇ」

とりとめのない会話。

他人が聞いたら何てことのない内容だろう。だけど春子さんと僕には、それら一つ一つがキラキラと輝くかけがえのない宝石だった。記憶という宝箱を掘り起こせば、いくらだって出てくる。きっと何時間だって話していられるだろう。〝家族〟というのは……そういうものだ。

だけど、楽しい時間にはいつか終わりが来る。

やがてそれらの思い出話が一段落して。

ふっと、何気ない一言を口にするように、春子さんは言った。

「……ごめんね、章くん」

「え……？」

「あたし……約束、守れなくなっちゃったね、章くんのこと、一人にしないって言ったのに……」

それは本当に申し訳なく思っている口調だった。

春子さんが悪いわけじゃない。そう言いかけた言葉を止める。

じゃあだれが悪いのか。そんな約束を春子さんにさせた僕か。『死』を告知した死神か。残酷な運命を取り決めた神様か。

答えなんて、出るはずがない。

黙りこんでしまった僕に、春子さんはこう続けた。

「……もしかしたら、これは罰なのかもしれないわね」

「え……？」

「かつて身勝手なことを思ってしまったあたしへの罰……だからあたしの未来は閉ざされて、一番叶ってほしい願いが叶わない。それが未練になってしまって、死神さんがやって来たのかもしれないわね」

春子さんは何を言っているのだろう。

怪訝な表情になる僕に、春子さんは首を振って自嘲気味に笑った。

そして、空に淡く浮かびはじめた月を見て、ぽつりとこうつぶやいた。

「……あれは、今日みたいによく晴れた、春の夜だったわね。あたしの家で遊んでいた章くんを、姉さんたちが連れて帰る、その帰り道だった」

「……っ……」

春子さんが何の話をしようとしているのか、すぐに分かった。

あの日のことを……僕が両親を亡くした日のことを話そうとしているのだ。

「見送る時に、ちょうど時計が目に入ったから覚えてる。午後十時十二分だった。空には怖いくらいに蒼い月が浮かんでいたの。不吉なほどに輝く月——その光にさらされながら、あたしは章くんたちの車が走り去っていくのを見送った……」

「……」

その帰り道で……僕たちは事故に遭った。

原因はよく分からない。運転をしていた父が脇見をしていたからとも言われているし、人通りのあまりない山道だったため路面が荒れていたからだとも言われている。

覚えているのは、最後に耳をつんざくようなブレーキ音が響き渡ったことだ。

次の瞬間、衝撃とともに視界が真っ暗になった。

目が覚めると、全身が針に刺されたように痛かった。辺り一面に漂うガソリンの臭い、へこんだガードレール、ひっくり返って逆さまになった軽自動車。後部座席に乗っていた僕は、車体に挟まれたみたいだった。車からはガソリンが真っ黒な川のように流れていて、今にも引火しそうだった。そのまま死ぬのかと思った。だけどその時にどこからか声が聞こえたような気がした。手を引っ張られて、車外へと助け出された。直後に、僕の目の前で軽自動車は真っ赤な炎に包まれた。

それからのことはよく覚えていない。

いつの間にか周りにはたくさんの野次馬たちがいて、消防やら警察やらの大人たちがたくさん集まってきて……気付けば僕は病院のベッドの上にいて、目を真っ赤にはらした春子さんに手を握られていた。

「あの時ね……あたしは目を覚ました章くんの手を握りながら、こんなことを考えてしまったの」

春子さんが言った。

「姉さんたちが、章くんの両親たちが亡くなって、悲しいと思う気持ちに嘘《うそ》はない。胸の奥が引き裂かれそうなほど痛かったのは、本当。だけど」

「だけど少しだけ……ほんの少しだけ、そのことが嬉しいと」

「え？」

一瞬、春子さんが何を言っているのか分からなかった。

春子さんの顔を見たまま瞬きをする僕に、彼女は続ける。

「あたしは心のどこかで喜んでしまったの。姉さんが……あなたの両親が亡くなったことを。章くんだけが、無事だったことを」

どうして……という言葉を飲みこむ。

春子さんのその表情が、あまりにも悲しげだったから。

「これであなたの本当の〝家族〟になれる……章くんの、唯一の〝家族〟になることができる。一瞬だけど、そう思ってしまったから。姉さんのことを、忘れて」

「……」

「……あたしは……心のどこかで姉さんのことを、憎んでいたのかもしれない。ううん、そこまではいかなくとも、姉さんのことを妬んでいたのは、間違いない。身体が弱くて自由が利かないあたしとは違って、姉さんは全てを手に入れていた。結婚をして、子どもを持って。……あの人自身は、そんなことを望んでもいなかったのに」

何かを振りはらうかのように、首を振る。

「章くんを引き取ったのだって、もしかしたら姉さんへの対抗心からだったのかもしれない。ずっと妬ましく思っていた姉さん……その姉さんがもう触れることのできない章くんを独占することで、あたしはきっと心のどこかで優越感を覚えて……」

春子さんはそこでぎゅっと唇を噛んだ。

「……そのことを、神様はきっと見逃さなかった。許してくれなかった。だから……これは罰なんだよ。考えてはいけないことを少しでも願ってしまったあたしへの、必然の天罰」

「罰だなんて、そんな……」

そんなことあるはずがない。

だけどその後の言葉を続けることができない。

罰だなんて、そんなことはこれっぽっちも思わないけれど、春子さんにかける言葉が見つからない。

言葉を探したままの僕に、春子さんは続ける。

「だって、そうじゃなきゃ、こんなこと……」

「章くんの思い出にすら残ることができないなんて、そんな」

どうしてだろう。

その言葉に、ひどく心が揺さぶられた。

僕は春子さんのことを忘れるつもりなんてない。たとえ彼女の『死』が避けられないものだとしても、思い出の中からまで彼女を消し去るつもりは毛頭ない。

なのにどうしてそんなことを言うのか。

まるで僕が春子さんのことを忘れ去ってしまうかのように言うのか。

言葉にはできない不安が寒気のように湧き上がってくるのを感じた。これが何だ。

春子さんのその言葉に、僕の中の何かが激しく反応していた。

「……っ……」

これと同じ感覚を、僕はかつて経験している。

大切で、心を寄せていて、決してなくしたくはなかったもの。

それが……なすすべもなく手の平からこぼれ落ちて、目の前で砕け散ってしまう感覚。

急に怖くなった。

周りの空気が泥のような粘性を持って身体にまとわりついてきたように感じられ

た。

僕は、また喪ってしまうのだろうか。

何もできずになくしてしまうのだろうか。なくしてはいけない、かけがえのないものを。


「大丈夫だよ」


声が鉛のような空気を断ち切った。

ふいに身体が軽くなる。天から降り注いだ恵みの雨のようなその声は、不思議なほど温かく僕の心に染みこんだ。

「望月くん、きみが何かを喪うことはないよ。春子さん、あなたの未練は叶います。そのためにわたしはこうしてここに戻って来たんですから」

いつの間にか隣に戻ってきていた茅野さんが、そう静かにつぶやいていた。

「あなた……」

しばらくの間、茅野さんを見つめたまま春子さんは目を瞬《しばた》かせていた。

やがて、何かに気付いたように小さくうなずいた。

「ああ、そうか、そういうことなのね……」

「……」

「やっと分かった。思い出した。ありがとう……あなたのおかげで、あたしは最期の未練を消すことができる。章くんに、この言葉を残すことができる……」

そう言うと、春子さんは僕の方を見た。

どこまでも真っ直ぐで、どこまでも透明な瞳で。

「章くん。あたしはもうすぐあなたの前からいなくなってしまう。そのことは、どうしても避けられない。だけど、これだけは忘れないで」

その眼差《まなざ》しと言葉は、強く僕の胸に刻みこまれることになる。

「あなたは一人じゃない。この世界で一人きりになることはない。あたしの、あたしたちの想いは、いつだってあなたと共にある。あなたの心の中に棲《す》んでいる。——あなたのことを、愛しているわ」

それだけ言うと、春子さんは僕を強く抱き締めた。

かつてそうしてくれたように、優しく、温かく、だけどこれが最後だという予感を伴って。

沈丁花の香りが、ふわりと鼻元をかすめた。

「この子のこと……章くんのこと、よろしくね、花織ちゃん」

茅野さんの方を見てそう小さく口にする。茅野さんが、どこか泣きそうな顔で強くうなずき返した。

それが、春子さんの最期の言葉だった。


それから三日後……春子さんは亡くなった。

5

遠くの煙突から立ちのぼる白い煙が、まるで春霞《はるがすみ》みたいだった。

幻のようにたゆたって、どこまで高く高く流れていく。

あの日、春子さんもああやって天に昇っていったのだろうか。

春子さんはその未練を、無事に叶えることができたのだろうか。


春子さんは亡くなった。

亡くなって、灰となって、世界に還《かえ》った。

だけど、それだけじゃなかった。

春子さんの死後、

——周りの人たちが、春子さんのことを、だれも覚えていなかったのだ。

近所の顔馴染みの人たちも、佐伯のおばさんも、病院の人たちも、だれ一人として彼女のことを記憶している者はいなかった。

「……どういうことなんだ？」

僕は、隣で静かに立つ死神に尋ねた。

「どうして、こんなことになってるんだよ。これじゃあ、春子さんの存在が世界から忘れられてしまったみたいな……」

予兆はあった。

ふいに訪れなくなった見舞客、まるで他人を見るような目の佐伯のおばさん、それらを受け入れたかのような春子さんの態度。

だけどそれが何であるのか、春子さんに何が起こったのか、僕にはまるで分からなかった。

「……」

死神は沈黙していた。

髪の毛と制服のスカートを風になびかせたまま、しばらくの間、口をつぐんで遠くに視線をやる。

やがて、何かに耐えるかのようにこう言った。

「……いつからかね、この世界では、『忘却』される人が現れはじめたの」

「『忘却』……？」

「そう。その人の『死』が近づくとともに、その人についての記憶が少しずつ周囲の人たちから薄れていく。薄れていき、霧散していき、やがて『死』とともに周りの全ての人から完全に忘れられる。『忘却』――される。そんな現象が」

茅野さんがこっちを見た。

「『忘却』される人の数は決して多くはない。だけど、確実に存在する。死神の仕事は、そういう『死』とともに『忘却』される人たちの未練を解消すること。解消して昇華すること。詳しい組織とか、仕組みとかがどうなっているのかは分からない。でも、そういうことになってるの」

「……」

「『死』と『忘却』は、そもそもきわめて近しいものなんだよ。人は死ねば周りから忘れられていき……いずれは全ての人の中から消える。物理的にも、観念的にも、世界から完全に消え去る。それはだれにも必ず起こるものだよ。だからその時間差を早めようと、神様が配慮してくれているのかもしれないね」

「そんなの……」

配慮でも何でもない。

偽善的で独善的な、ただの余計なお節介だ。

だけど……だけどそれなら、納得だけはいった。

神様の配慮とやらには舌打ちをしたくなったけれど、少なくとも起こった事象については理解ができた。

周りの人たちが春子さんのことをだれ一人として覚えていなかったこと。

茅野さんの言う通り、春子さんが『忘却』されたのだとしたら。

ただ、それでも一つだけ分からないことがある。

「……だけど、僕は覚えてる。春子さんのことを、彼女が確かにこの世界に存在していたことを」

そう、僕の中には、いまだに確かに春子さんの思い出がある。

授業参観に来てくれたこと、稚児ヶ淵で彼女に救われたこと、いっしょにハンバーグを作ったこと、ケンカをしながらも温かな日々を過ごしたこと。

最期に……僕のことを抱き締めて、一人じゃないと言ってくれたこと。

それら全てが、一つとして欠けることなく確かな記憶として胸の中に残っている。

どうして——それらは『忘却』されないのか。

「それは望月くんが死神になったからだよ」

茅野さんが言った。

「え……？」

「死神はね、『忘却』された者を覚えていられる、唯一の存在なの」

「『忘却』された者を、覚えていられる……？」

彼女が小さくうなずく。

「そう。死神は『死』と『忘却』に最も近い存在。『忘却』される者を導く存在。だから『忘却』された者を覚えていられる。かつて『忘却』した者の記憶を取り戻すことができる。そういうルールがあるの。ちなみにどうしてって訊《き》かれても分かんないよ？　そういうものらしいから」

「……」

……ようやく、分かった。

ただ春子さんを看取《みと》るだけなら、その最期の時を共に過ごすだけなら、別に僕が死神になる必要なんてなかった。彼女の傍《そば》に寄り添い、話を聞いて、彼女の旅立ちを見送るだけでよかったはずだ。

だけどそれでは、僕は春子さんのことを忘れてしまっただろう。

自分のことを覚えていてほしいという彼女の未練を、果たせなかっただろう。

彼女の『死』とともに僕は春子さんという存在を『忘却』して、『忘却』したことさえも忘れて、何も気付かぬままのうのうと残りの人生を生きていったに違いない。

じゃあ、どうすればその結末を避けられたか。

春子さんの未練を解消させることができたか。

答えは一つだ。

「……ありがとう、茅野さん」

そう告げると、彼女は小さく首を横に振った。

「別に感謝されるようなことはしてないよ。わたしは死神としての職務を果たしただけだから」

「それでも茅野さんは、僕に春子さんの思い出を残してくれた。彼女が一番大切にしたいと思ってたものを、守ってくれた」

そのことは、確かな事実だ。

優しい、死神。

そんな言葉が、ふと頭の中に浮かぶ。

僕の目の前にいるのは、マイペースで少し口は悪いけど、その心根はとても優しい……死神だ。

「そのことを、僕は本当に感謝しているよ。春子さんだって、きっとそう思ってるはずだ」

「……」

僕の言った言葉に、茅野さんは一瞬口をつぐむ。

その沈黙の間に、彼女が何を考えていたのかは分からない。

だけどやがて、こう言った。

「……そんなんじゃないよ。それに」

「——それに、これはわたしが望んだことでもあるから」

「？」

最後の言葉は、何を意味しているのか分からなかった。

そして彼女はこの時、一つの隠し事をしていた。

彼女の優しい嘘に隠された、残酷な死神の真実。

それは後に僕を苛《さいな》むことになる。

6

春子さんは、自分がいなくなった後のことを、全て取り計らってくれていた。僕が一人で住んでいた家の名義を変更して、いくらかのお金も残してくれていた。これから先もこの家で生活していけるように、きちんと大学にまで行けるように、困らないように。

近所の人たちは、変わらずよくしてくれている。

佐伯のおばさんは毎日のように差し入れを持ってきてくれるし、他の人たちも顔を合わせればにこやかな笑みで挨拶をして、立ち話をしてくれる。

だけどその中に、春子さんの思い出はない。

彼女の優しい笑顔は……ない。

それが、それだけが僕の胸を締めつけた。

ふと、春の夜の匂いがした。

甘くて柔らかな、胸を打つ沈丁花の香り。

春子さんの……香り。


その日から、春の夜は、僕にとって特別なものになった。

☆

世界が蒼く包まれていた。

目がくらんでしまいそうなほどの、蒼い光。

夢だ、とすぐに分かった。

この世界の境界が曖昧な感じや独特の浮遊感は、夢特有のものだ。

最近、よく夢を見る。

夢は無意識や記憶の発露という話もあるけれど、だとしたらこれは自分の中にある何かが訴えかけているのだろうか。

夢の中で、自分はどこまでも蒼い月を見上げていた。

まるで見ているだけで吸い込まれてしまいそうな真っ青な月。海にその光を真っ直ぐに落として、鮮やかな〝月の道〟を作り出している。

——ブルームーンっていうんだよ。

彼女は、そう言った。

ひと月のうちに満月が二回ある時に、その二回目をそう呼ぶことがあるということだった。見ると幸せになるとか奇跡が起こるとも言われていて、その蒼い光の下で将来を誓い合った二人は永遠に結ばれるのだと、どうしてか少し頬を赤くして丁寧に説明してくれた。

真っ暗な水族館だった。

辺りには人の気配はなくて、耳が痛いくらいにシンと静まり返っている。

だけど隣には彼女がいた。

信じられる相手がいなくて、孤独な自分にとって心を許せる数少ない相手。

——ね、キスしよっか？

彼女は——月子は少しだけ恥ずかしそうにそう言った。

——蒼い月の下で将来を誓い合った二人は、奇跡に祝福されて永遠に結ばれるんだよ。

それは幼い、浅はかな約束だったのかもしれない。

だけどその約束は、その時の僕たちにとっては確かにかけがえのないものだった。

蒼い月の下で、小さな二つのシルエットが重なり合った。

☾

死神と『忘却』は、切っても切り離せないもの。

最初に、そう言われた。

世界から死神に選ばれた者は、等しく『忘却』される。

望む望まないにかかわらず甲種の死神となったその時点で、周囲の人々全ての中から消えて、透明な存在になる。

それは世界のためなのか、残された人のためなのか、それとも死神のためなのか。

真実は、分からない。

だけどそれを聞いても、わたしの選択は変わらなかった。

天秤《てんびん》にかけられた二つの命。

そのもう一つを守るためならば、わたしが選ぶ道など一つに決まっている。

差し出されたその手を、わたしは取った。

優しい目をした、泣きぼくろが印象的なその死神の手を。

横で意識を失っている……彼の代わりに。

この日わたしは――死神になった。

第二話『イルカと、少女と』

0

辺りを漂う海の匂いに、心が落ち着く思いだった。

照明が落とされて薄暗くなった空間の中では、視覚よりも嗅覚や聴覚がより際立つ。まるで海の底に沈んでいるようなこの感覚が僕は好きだった。目を閉じると感じられるのは潮の匂いと緩やかな水の音。僅かに聞こえてくる人のささやき声さえもどこか遠くの世界のものに思える。

外界とは隔絶された静謐で透明な雰囲気に少しの間だけ浸ろうとして、

「わ、すごいすごい、イワシがたっくさんいる！」

場違いに明るい声に、現実に引き戻された。

目を開けると、制服姿の自称死神――茅野さんが、円形になったイワシの水槽の前で声を上げていた。

「百匹くらいいるのかな？　見て見て！　まるで銀色の竜巻みたい。何だかすっごく——」

「？」

そこで一度言葉を止めると、茅野さんはこう言った。

「——おいしそう！」

「絶対言うと思った」

そう突っ込むと、色気よりも食い気を優先した死神は「にひひ」と笑った。

「水族館って、来るとお腹《なか》が空いちゃうから困るよね。どこもかしこもごちそうがいっぱい。あそこにはアジ、あっちにはイサキ、あのホウボウもおいしいんだよねっ」

「意外と詳しいね……」

ホウボウが美味であることを知っているのはなかなか魚通だ。

「水族館の近くに海鮮丼のお店があるのって、絶対偶然じゃないと思うんだ。狙ってると思うんだよ」

そんな持論を展開しながら、茅野さんがうんうんとうなずく。

僕たちがいるのは……片瀬江ノ島駅の近くにある水族館だ。

この辺りでは有名な、海沿いの道にある大きな水族館。

平日の夕方であるのにもかかわらず、多くの人で賑わっている。場所柄、地元の人たちよりも観光客の姿が多いようだ。

どうしてここに茅野さんと二人でいるのかというと、一時間ほど時間を遡る。

「望月くん、いっしょに帰ろ」

放課後の教室で、帰り支度をしていたら茅野さんにそう声をかけられた。

「え？」

思いも寄らないその一言に、僕は一瞬固まってしまった。

だって茅野さんが僕に声をかける理由が、もう見当たらなかったから。

死神の仕事は、終わりなのだと思った。

茅野さんが僕を死神にスカウトしたのは、春子さんの未練を叶えるため……彼女のことを『忘却』しないようにするためだけで、特にこれから先もその仕事を手伝うことは期待されていないと思っていたから。

そして死神としての関わりがない以上、彼女が僕に声をかける理由が見当たらない。

だけどそんなことはなかったのだ。

「え、何でそんな強盗にでも出くわしたみたいな顔してるかな？　クラスメイトが声をかけるの、そんなにおかしい？」

「いや、そうじゃなくて……」

「悲しいなぁ、わたしは望月くんのこと、もう友だちだと思ってたのに。きみはそう思ってはくれてなかったってことだよね。よよよ……」

そんな泣《な》き真似《まね》をしてくる。

どう返していいか分からない僕に、茅野さんは続けた。

「ま、今回は死神として声をかけたんだけど。──さ、見習いくん、今回のお仕事が待ってるよ」


そういうわけなのである。

どうやら死神の仕事は何も終わっていなかったらしい。

というか、茅野さんは今後も僕のことを助手として使う気まんまんだった。

「え、あれで終わりだと思ってたの？　甘い甘い、この業界は一度足を突っ込んだら骨の髄までしゃぶられるまで抜けられないよ？　死神はいつだって人手不足なんだから、遊ばせておく余裕なんてないの」

とのことである。マフィアか何かなのだろうか。

正直、春子さんの件では茅野さんに感謝をしている。だから協力できることがあれば協力することにはやぶさかではないのだけれど……

「うーん、望月くんの呼び名は何がいいかな。見習いだとそのまんまだし、助手か、アシスタントか、ワトソンくんとかもいいかなー」

とはいえ何だかここまで手伝って当たり前感を出されると、少しばかり天《あま》の邪鬼《じゃく》の虫が顔を出す。このままダッシュで逃げ帰ってしまおうか……などとも思いつつ、向日葵のような笑みを浮かべた茅野さんに腕を引っ張られて連れて来られた先が……この水族館だった。

僕に対する扱いはどこか釈然としなかったけど、この行き先は僕にとって僥倖《ぎょうこう》だった。

水族館は昔から好きで、暇があればよく通っていたから。

落ち着いた青に彩られた静穏な空間、色とりどりの様々な魚たち、アザラシやイルカなどのショー。

それらを見ているだけで、不思議と気持ちが落ち着くような気がした。おそらく一日中過ごしていても飽きることはないだろう。

「望月くんは魚フェチだもんね」

「言い方……」

「え、気に入らなかった？　じゃあ魚パラノイアとか」

「もういいよ……」

　この死神に配慮ってものを期待した僕がバカだった。

とはいっても……おそらく彼女は、ことさらにおどけた風に振る舞って空気を明るくしてくれているだろうということは分かっていた。春子さんを亡くしてから、まだほんの一週間しか経っていない。まるで五年前と同じように胸の奥にぽっかりと空いた空洞は、たとえ彼女との思い出が喪われることはなかったとしても、すぐに埋まることはないだろう。茅野さんはそのことをきちんと理解してくれていた。マイペースに見せかけながらも、そういった機微を思いやってくれる相手なのだ。

　その気遣いにいくばくかの感謝の思いを抱きながら、しかしやはり言い方というものがあるだろうという若干の不満を抱きながら、複雑な気分でここに来た目的を尋ねる。

「……それで、ここに、次の仕事の対象者がいるの？」

「うん、そだよ。そう指示書に書いてあった」

「指示書？」

「ん？　そう、死神の仕事の対象者のことが書かれたやつ。うちのポストに届くんだよ。ゆうパックで」

「ゆうパックで？」

「そう、ゆうパックで」

何ていうか、死神というのはものすごく庶民的な組織なのだろうか。もっとこう、神秘的というか超常的なものを想像していたのに。まあ当の死神本人がこれでは、その属している組織も推して知るべしか。

「それによると、今回わたしたちが担当する相手はここにいるはずなの。ええと、女の子みたいだから……あ、いた！」

茅野さんが声を上げる。

その視線の先。

カラフルな熱帯魚の水槽の前。

——そこにいたのは、ランドセルを背負った小さな女の子だった。

1

言葉を失ってしまった。

あの女の子が、今回の対象者なのか。

だって死神の仕事の対象者ということは……近い内に、死ぬということだ。

それもただの死じゃない。死が近づくとともに周囲の人たちから忘れ去られてしまう――茅野さんの言葉を借りれば、『忘却』されてしまう対象でもある。

――見たところ、まだ小学校低学年くらいの女の子なのに。

もちろん歳を取っていればいいというわけじゃない。命に優先順位なんてないし、失われていい命なんてあるわけがない。だけど対象となっている相手がたとえば八十歳の老人だとしたら、ある意味での割り切りはできたと思う。理屈ではなくて感情の問題だ。あんな小さな子が、本来だったらまだまだ未来があるだろう子どもが死を目前に控えているなんて。その残酷な事実に、胸が潰れそうな心地になった。

動けずにいる僕の前で、茅野さんは女の子に近づいていった。

「こんにちは」

「？　こんにちは」

茅野さんが声をかけると、きちんと挨拶を返してくる。その背筋の伸びたきれいなお辞儀の仕方から、礼儀正しい印象が見て取れた。

「？　おねえちゃんたちは、だれですか？」

「ええとね……わたしたちは、死神なの」

茅野さんは相変わらず直球だった。もう少し前置きだとか段取りだとかあるだろうに。

「しにがみ？」

案の定、女の子がきょとんとした顔になる。

それはそうだろう。大の大人だっていきなり死神なんて言葉を出されればどんな顔をしたらいいのか分からなくなるというのに、ましてやこんな小さな女の子だったら、死神という言葉の意味さえもちゃんと理解できるか怪しい。

「あのね、死神っていうのは、何て言ったらいいのかな、あなたみたいないい子を天国に案内するお仕事なの。ええと、あなた――」

「サチっていいます」

「そう、サチちゃん。わたしたちはね、サチちゃんを天国に案内するためにやって来たの。分かるかな?」

「天国に……」

女の子——サチちゃんはその言葉にきゅっと唇を結んだ。

「サチ……死ぬの?」

「……」

聡《さと》い子だった。

天国という言葉から、自分がこれからどうなるのかということをすぐに理解したみたいだ。

その物言いから、茅野さんも誤魔化すことは意味がないと感じたのだろう。小さく息を吐くと、こう言い直した。

「……そうだよ。サチちゃんは、もう少し経ったら死んでしまうの」

「……」

「死んで……周りの人たちから、忘れられてしまうんだよ。悲しいことだけど、それはどうにもできないの。ごめんね……」

「……」

しばしの沈黙の後、何かを受け入れたかのようにサチちゃんが顔を上げた。

「そう……なんですね……」

それは、この歳でありながらきちんと死というものを理解している声音だ。

果たして真実を伝えてしまうのが正しいことなのかは分からない。

そこは相手にもよるだろうし、場合によっては伝えない方がいいこともあるのだろう。だけど少なくともこのサチちゃんのように、自分の境遇を正確に理解している相手には、ちゃんと説明をすることが筋だと思った。

だから茅野さんの選択は正しいのだ、たぶん。それがいかに辛いことであっても。

茅野さんは一瞬泣き笑いのような何とも言えない表情をするも、すぐに元の笑顔に戻って、サチちゃんの頭をそっと撫《な》でた。

「だからね、その前に、サチちゃんのやりたいことを叶えるためにお姉ちゃんたちは来たんだよ」

「やりたいこと？」

「うん。サチちゃんには、何かやりたいことはある？」

茅野さんがそう言うと、サチちゃんは何かを考えこむように下を向いてしまった。

「ほら、某ネズミの国に行ってお姫さまになりたいとか、初恋の相手に告白したいとか、ホテルの高級スイーツを好きなだけ食べたいとか、ホウボウのお刺身の入った海鮮丼を今すぐ食べたいとかでもいいんだよ？　このお兄ちゃんが全力で全部叶えてくれるから」

「また僕かよ！」

しかも後半二つは明らかに茅野さんの欲望だろう。

「え、望月くんはやってくれないの？　こんな小さな女の子のささやかなお願いも聞いてあげないなんて……そんなの、鬼か悪魔だよ！」

死神には言われたくない。

「いやそれは、やるけど……」

「だって。よかったねー、好き放題このお兄ちゃんをこき使っていいからね？」

「……」

言っている内容には同意なのだが、何だかこう、言葉にできない不条理を覚えるのは、僕が狭量なのだからだろうか。

とはいえ年端もいかない女の子に純真な瞳で見上げられて、

「おにいちゃんたち……サチのやりたいことを、手伝ってくれるんですか？」

なんてことを言われた日には、降参するしかない。

隣で茅野さんが満足そうににやにやと笑っているのが腹立たしかった。

僕はしゃがみこんで同じ高さでサチちゃんの目を見ると、言った。

「うん、そうだよ。僕たちにできることなら、手伝う。だからサチちゃんのやりたいことがあったら、言ってみて」

「あの、サチは……」

そこでサチちゃんは真っ直ぐに僕たちの目を見た。

そして胸の前で指をくるくると絡めながら、少しだけ遠慮がちにこう口にした。

「それじゃあサチ……イルカさんのぬいぐるみを作りたいです」

この時、僕はこの女の子——サチちゃんに、何か予感めいたものを感じていた。

どこか自分と共通する何かを抱えているという、漠然とした直感。

その感覚は、後に現実のものとなる。

当たらなくてもいい、ろくでもない予感に限って——世界はそれを受け入れてしまうのだ。

そして彼女を通じて、僕は自分の過去とも向き合うことになる。

2

サチちゃんは、鎌倉市内の小学校に通う三年生だった。

鶴岡八幡宮の近くにある、岐《わか》れ路《みち》という名の三叉路《さんさろ》の先にあるマンションに住んでいるらしい。家族は母親の一人だけ。父親は物心ついた時からいなかったのだという。死別か離婚かは分からない。いわゆるシングルマザーの母子家庭だった。

「おかあさんが、イルカさんが好きなんです」

サチちゃんは目を輝かせながらそう言った。

「だからサチ、おかあさんのために、イルカさんのぬいぐるみを作りたいです。もうすぐおかあさん、誕生日なので。いい、ですか……？」

最後の方が少し尻すぼみになる。

うかがうような、表情。

「うんうん、もちろんいいに決まってるよ！　というかサチちゃんはかわいいなあ。持って帰ってうちの子にしちゃいたいくらい」

それは普通に犯罪だ。

まあそれはともかくとして、サチちゃんの願いを手伝うことに関しては僕としても異論はなかった。彼女がそれを望むなら、ぬいぐるみの一つや二つくらい喜んで作るのを手助けしよう。

ただ、問題が二つほどあった。

まず、僕も茅野さんもぬいぐるみを作ったことなどなかったということだ。

手芸関係のことは、せいぜい家庭科の授業で基礎的なことをやったことがあるくらい。茅野さんも似たようなものとのことだった。だけどこれについてはネットにあらゆる情報が溢《あふ》れているご時世だ。幸いなことにスマホで検索すればすぐに調べることができた。

むしろ頭が痛かったのは、もう一つの問題だ。

イルカのぬいぐるみなんてものは、一朝一夕でできるものではない。調べてみたところ、最低でも一週間はかかりそうだ。つまりはその間、継続して作業をすることができる場所が必要となる。その候補として挙がったのが、

「やっぱり、望月くんのうちだよね」

もうそれしかないといった勢いでそう口にする茅野さんに、僕は絶望的な心地にな

った。

別にうちで作業をすること自体は構わない。そこまで大きくはないとはいえ戸建てだし、今は一人暮らしだ。スペースはある。ただ厄介なのは、その面子《メンツ》だった。

やたらと目立つ同級生と、小学生の女の子。

ただでさえうちの周りは狭い界隈《かいわい》なのに、そんな突っ込みどころしかないような面子を連れ込んでいるなんて噂《うわさ》が立とうものなら、翌日からのご近所付き合いに確実に支障を来す。僕にだって、近所での立場というものがあるのだ。

「えー、でも他にないじゃん。サチちゃんの家でやったら肝心のお母さんにばれちゃうでしょ？」

「それはそうだけど……だったら茅野さんの家は？」

「あ、望月くんはそうやってすぐに女の子の部屋に入りたがる人？　女の子の部屋はデリケートなんだよ？　そんなにわたしの部屋に入って色々なものをくんくんした挙げ句にベッドにダイブしてゴロゴロしたいっていうのなら考えなくもないけど……」

「……分かりました。うちでいいです」

そう答える以外にどんな選択肢があったのか、もしもあったのなら僕に教えてほしい。

そうして、半ばなし崩し的に僕の家が作業場となった。

「おお、ここが望月くんの家かぁ」

家まで案内するなり、茅野さんがそんなはしゃいだ声を上げた。

「さすが鎌倉、趣のある感じだね。やっぱり今でも本棚の後ろに、生まれたままの姿のあの子たちが載っている本を隠してるのかな？」

「え？」

「『世界魚類大全』を！」

「何で知ってるんだよ!?」

「ふっふっふ、死神の情報網を甘く見たらダメって言ったよね？」

死神ってあれか、ストーカーか何かなのか。

「おじゃまします」

断りもなく上がり込んだ茅野さんとは対照的に、サチちゃんはそう丁寧に申し出てから三和土《たたき》を上がった。脱いだ靴もきちんと玄関側に向けて揃《そろ》えていた。雑に脱ぎ散らかしたままのどこかの死神とは大違いだ。

作業をする場所は、居間にしようと考えていた。

やたらと僕の部屋を覗《のぞ》きたがる茅野さんを引っ張って、二人をそっちへと通す。

すると、それまでどこかモノクロのようだった居間が途端に色付いたように思えた。足りなかったピースがカチリとはまりこんだような感じだった。そういえば春子さんがいなくなって以来、この居間にだれかが入ったのはこれがはじめてだ。

ふと、もしも春子さんがまだこの家にいたらどんなだっただろうと想像した。きっと彼女のことだから、この変わった訪問者たちのことで僕をからかいつつも、笑顔で歓迎してくれたに違いない。その光景が頭に浮かんで、少しだけ胸がズキリと痛んだ。

「それじゃあこれからイルカのぬいぐるみを作っていくわけだけど……やっぱりプレゼントなんだから、わたしたちはあくまでお手伝いで、サチちゃんがメインで作っていくってことでいいんだよね？」

茅野さんがそう確認すると、サチちゃんは「はい」と小さくうなずいた。

ちなみに、イルカのぬいぐるみの作り方はこうだった。

型紙をネットからダウンロードして、フェルトに写して切り取る。それらを縫い合わせていく。ある程度縫い終わったら、綿を入れる。残りを縫い合わせて、ビーズの目を入れる。

　やること自体は明確だけれど、全員初心者とあってはなかなかにハードルは高そうだった。

「型紙はこのオーソドックスなやつでいいのかな？」

「うん、わたしはいいんじゃないかって思うよ。サチちゃんはどう思う？」

「あ、はい。これがいいです」

「あれ、でもこれってどこからダウンロードするんだろう？　望月くん、分かる？」

「ええと、たぶんこれは……」

　結局、初日は型紙をダウンロードして、その後の作業工程を確認したところで終わった。

　茅野さんがサチちゃんを送りながら帰るということで、僕も途中まで同行することにした。

　辺りはすっかり日が落ちて、夜の帳《とばり》が下りていた。空は少し曇っていて、糸のようになった月が雲の合間から見え隠れしている。鎌倉は比較的治安のいい街だが、それでもこんな中を女子たちだけで帰らせるのはいささか気が引けた。

「けっこう遅くなっちゃったけど、サチちゃん、大丈夫？　お母さん、心配してない？」

「あ、はい、だいじょうぶです。おかあさん、お仕事でいそがしくて夜おそくなるまで帰ってきませんから」

「そうなんだ」

サチちゃんが「そうなんです」と首を振る。

「サチちゃん、寂しくないの？」

「……へっちゃらです。おかあさん、サチのために働いてくれているんです。だからサチはわがまま言ったらだめなんです」

そう言って何かを押し殺すかのように笑う。それは小学三年生から出てくる言葉ではなかった。

今日一日過ごして分かったことだけれど、この子は歳の割にはずいぶん大人びている。

大人びているというか……聞き分けが良すぎる。何を話しても、わがままや不満といったことを一切《いっさい》口にしない。まるで色々なものを諦めているかのように。

そのどこか貼り付けたような笑顔の裏側に、この子がこれまでどんな生活を送ってきたのかが垣間見《かいまみ》えたような気がした。きっと様々な寂しいことや辛いことにフタをして、笑顔で誤魔化してきたんだろう。それを考えると、やるせない気持ちになった。

「あ、ここでだいじょうぶです。すぐそこがおうちですから」

岐れ路まで来たところで、サチちゃんがそう言った。

道の向こうに見えるマンションがおそらく彼女の自宅なんだろう。あまり近くまで送っていって近隣の住人に不審がられても都合が悪かったので、ここで別れることにした。

「ありがとうございました、おねえちゃん、おにいちゃん。さようなら」

そうぺこりと頭を下げて、サチちゃんはパタパタと駆けていった。

その後ろ姿がマンションのエントランスに入っていくのを確認して、僕は茅野さんの方を見た。茅野さんも僕の方を見ていた。

「サチちゃん、いい子だったね」

「うん」

「素直で明るくて、頭がよくてちっちゃくて、百点満点だ」

そう言って茅野さんはゆっくりと歩き出した。それに僕も倣う。

いつの間にか雲は晴れて月がその姿を露《あら》わにしていた。糸のようであっても夜道を照らすのには十分な明るさで、辺りに銀色の光の粒子を降らせている。

「……死神の仕事はね、ああいう小さい子を相手にすることもよくあるの」

茅野さんが言った。

「やっぱりね、長く生きた人よりも小さい子の方がやりたいこと、本当だったらやれたことがたくさんあるのかな。死神の助けを必要とする未練を持っていることが多いんだよね」

「……」

そういうものなのだろうか。

死神の仕事に関わるのがこれで二件目の僕にはよく分からない。ただ茅野さんのその口調から、彼女がこれまでサチちゃんのような小さい子どもの対象者に多く向き合ってきていて、そのことに対して心を痛めているのだけはうかがい知れた。

「はー、前回からしんどい案件続きだよね。ごめんね、望月くんを巻き込んじゃって」

「ううん、そんなことない。そもそも、巻き込まれたとも思ってない」

春子さんの件では、僕は当事者だ。茅野さんが死神にスカウトしてくれたから、僕は春子さんのことを『忘却』せずにすんだ。何度も言うけれど、そのことには本当に心から感謝をしている。

それに死神の仕事。

　サチちゃんたちのような、春子さんたちのような……死にゆく人たちの、忘却される人たちの未練を解消する手伝い。

　自分なんかに何ができるかは分からないけれど、もしもそれを求めている人がいるのならば、力になりたいとも思う。

「……いい人だね、望月くんは」

　茅野さんがぽつりとそう言った。

「ほんとにいい人で、見てるとまぶしくなっちゃう。わたしは……ずるいのに」

　その言葉にはいつものからかいの要素はなく、彼女の本心が込められているような気がした。気恥ずかしかったため、僕は聞こえなかった振りをした。

「茅野さんはこんな時間まで大丈夫なの？」

「？　何が？」

「ほら、帰りが遅くなると家族が心配したり……」

　話題を変えるために口にしたその問いに、しかし茅野さんはこう答えた。

「あー、それはぜんぜんだいじょうぶ。わたしは今、一人暮らしだからさ」

「一人暮らし？」

「うん、そう。まあ、色々あるのだよ」

その先は訊けなかった。

この歳で一人暮らしをしているのなんて、僕を含めて、少なからず家族に何か問題が生じた結果に決まっている。死別か、離婚か、あるいはそれ以外の要因か。何にせよ簡単に触れられるものではない。次の言葉を探そうとして、僕の中から出てきたのは、この上なく陳腐なものだった。

「茅野さんはどこに住んでるの？」

「えー、聞いてどうするの？　……はっ、もしかして一人暮らしと聞いて、送《おく》り狼《おおかみ》になろうとか考えてるっ」

「これっぽっちも考えてない」

「そんなに即座に完璧に否定されるとそれはそれで傷つくなー」

めんどくさい。

「……狼はともかく、あんまり遠かったらさすがに送っていかないと」

「ん、それはわたしのこと、気にしてくれてるの？」

からかうようににやにやと、僕の顔を下から見上げてくる。

それを見て、僕は少しだけやり返したくなった。

「それは、してるよ。茅野さんだって女の子なんだから」

「……っ……」

その言葉に、意外なことに茅野さんが反応した。

何やらもにょもにょと口にして、顔を背けてしまう。「相変わらず、変なところだけは女の子扱いしてくれるんだからずるい……」

「？　何か言った？」

「……ううん、何でもないよ」

そう言ってこっちに向き直る。

その顔は、もう、いつもの茅野さんのものに戻っていた。

「あ、ほら、見て。月がすっごくきれい」

言われて目を遣《や》ると、空には限りなく蒼い月が浮かんでいた。蒼く、柔らかく、鮮やかに輝く月。ああ、こういうのを何ていうんだっけ、確か——

「ブルームーン」

茅野さんが、短くそう言った。

「ひと月のうちに満月が二回ある時に、その二回目をそう呼ぶことがあるんだって。見ると幸せが訪れるとか、蒼い月の夜には奇跡が起きるとかって言われてるんだよ。ていっても、これはまだブルームーンじゃないんだって。ほんとのブルームーンは二ヶ月くらい後みたい」

「へえ、そうなんだ――」

そう答えかけた時だった。

〝蒼い月の下で将来を誓い合った二人は、奇跡に祝福されて永遠に結ばれるんだよ〟

ふいにそんな声が頭に浮かんで消えた。

今のは何だったのか。

一瞬のことで、何だか分からなかった。ただまるで迫ってくるような蒼い月を見ていると、どうしてか心が落ち着かない気分になった。

もやもやする胸の内を振りはらうように、僕は茅野さんの方に向き直った。

「それで、送る件だけど……」

「ん、それは大丈夫。うちはここからそんなに遠くないし、一人で帰れるから」

「そっか」

「うんっ。だけど心配してくれてありがと。じゃあね、ばいばい、また明日」

そう敬礼のポーズを取ると、茅野さんはくるりと身を翻して、スカートの裾を揺らしながら暗闇の中に消えていった。

その姿は、死神というよりも、何だか妖精みたいだなと思った。

3

その翌日から、本格的に三人でのイルカのぬいぐるみ作りが始まった。

放課後になると茅野さんが声をかけてきて、いっしょに下校する。

途中でサチちゃんと待ち合わせて、必要なものがあったら買い物を済ませて、僕の家へと向かう。

この日は、型紙をフェルトに写して切り取る作業をやった。

「ええと、イルカのシルエットをフェルトに書いて裁縫バサミで切り出していくみたいだね。ちょっと試しにやってみよっか。望月くんが」

「だから何で僕なんだよ。こういうのは女子の方が得意だろ。茅野さんがやってみてよ」

「むむ、望月くんはそうやって裁縫は女子の分野だって決め付けるんだ？　結婚したら亭主関白になるタイプだ」

「そんな大げさなものじゃないって。ただ茅野さんが器用そうだったから」

「もー、しょうがないなあ」

そう言って茅野さんが裁縫バサミとフェルトを手に取る。切り取られたフェルトは、イルカというよりもマンボウみたいだった。器用そうに見えて、茅野さんは不器用だということが判明した。切り出されたマンボウを手に茅野さんはハリセンボンみたいな顔をしていて、サチちゃんは遠慮がちに笑っていた。

次の日は、切り出したフェルトを縫い付けていく作業をやった。

フェルトの位置を設計図通りに合わせて、端から糸で縫い合わせていく。この作業は主にサチちゃんの担当だ。

「口にあるぬいはじめマークを合わせたら、次は背中にむかってぬいあわせて……」

「大丈夫？　最初は難しそうだから手伝おうか？」

「あ、平気です。えっと、どうしてもできなそうだったら助けてほしいですけど、できるかぎりはサチがやりたいんです。そうじゃないと、プレゼントにならないですから……」

「そっか」

サチちゃんがそう言うならと、僕たちはあくまでサポートに徹した。

とはいえ縫い付け以外の雑事も意外とたくさんあって、僕らはそんな風に作業に追われる毎日を過ごした。

そして作業時間が増えるということは、必然的に三人で過ごす時間が増えるということである。

作業の合間にいっしょにご飯を食べたり、テレビを見たり本を読んだり、お互いの学校であったことを話し合ったりもするようになった。

「それでね、びっくりしちゃったよ。望月くんがおもむろに水槽の中のタカアシガニに話しかけはじめて……」

「ちょっと待って。それ、今ここで言う必要ある……？」

「えー、だってほんとのことじゃん」

「それはそうかもだけど……」

「おにいちゃん、お魚さんとなかよしなんですね」

主に喋っていたのは茅野さんだったけど。

サチちゃんも、最初の頃は遠慮がちであまり喋らなかったけれど、同じ時間を共有する内に次第に打ち解けて、少しずつだけれど自分のことを話してくれるようになった。

「今日は学校でさかあがりをやりました。最初はけっこう失敗しちゃったんですけど、最後には何とかできました」

「給食、カレーが出ました。人気なので、男子がとりあって大変でした」

「あはは、おにいちゃん、おかしいです」

それは、どこか〝家族〟のような……と言ったら言い過ぎかもしれないけれど、温かで優しい時間だった。

茅野さんはどうかは知らないけれど、僕は三人以上の家族というものにあまり触れたことがない。両親が生きていた頃はほとんど一人で留守番をしていたし、亡くなった後は春子さんとの二人暮らしだった。そして今は文字通りの一人暮らしだ。だからこんな何でもない団らんであっても、ほとんどはじめての経験だ。慣れるまで勝手が分からないこともあって、少しだけ緊張してしまった。

そしてこれらのやり取りから分かったのは、サチちゃんは決して大人びた物分かりのいい子どもなんかではないということだ。基本的には素直で人の言うことをよく聞くいい子だけれど、その奥にあるのは年相応のごく普通の小学生の女の子の顔だ。嬉しいことがあれば無邪気に笑うし、イヤなことがあれば悲しそうな顔をする。時にはちょっとしたことで拗《す》ねたりだってする。

どこにでもいる、九歳の女の子。

ただやはりというか何というか……サチちゃんはあまり母親との時間を過ごすことができていないようだった。

　こんなことがあった。

　作業の合間に、軽食を作っていた時のことだ。

「これ、何ですか？」

「？　これはオムライスだよ。あんまり上手《うま》くできてないけど……」

　僕がそう言うと、サチちゃんは小さく首を傾けた。

「オムライス、食べたことないの？」

「あ、はい……」

　口ごもりながら、サチちゃんが取り繕うように言う。

「その、おかあさん、いそがしいですから……ごはんはいつも、買い置きされている冷凍食品か、インスタントのものを食べてます」

「そっか……」

　また時折ひどく寂しそうな目をしたり、着ている服がほつれていることがあったり、一つ一つを取ってみれば大したことではないのかもしれないけれど、引っかかることがいくつかあった。

母子家庭ということを考えれば仕方がないのかもしれない。

だけど僕にはどうしてか、少し気になった。


ぬいぐるみ作り四日目。

作業が一段落したその日、僕たちは三人で水族館に行くことにした。

目的はイルカショーだった。少しでもぬいぐるみの完成度を上げようということで、本物のイルカを見るために向かったのだ。

ショーが行われるのは、スタジアムと呼ばれているメインプールだった。

半屋外のその空間は天井が開けていて、遠くには江の島が見える。

「ここでいいかな……」

僕たちは一番前の席に座った。

時折水しぶきが飛んでくることはあるけれど、臨場感があって、人気のある席だ。

「もしかしたら少し濡れるかもしれないけど、大丈夫？」

「はい、へっちゃらです」

「茅野さんは……」

「せっかくのかぶりつきなんだし、濡れるくらいの方が気持ちいいよ！」

二人とも、ある意味予想通りの答えだった。

そしていよいよ目的のイルカショーが始まる。

九頭のイルカたちによる、賑やかな饗宴《きょうえん》だ。

イルカショーは好きだった。というよりもイルカが好きだった。水族館の中でも、三本の指に入るお気に入りのコンテンツには違いない。

実はそのことで密《ひそ》かな自慢があった。

「あのさ、あそこに額のところが白いイルカ、いるよね？」

「？　はい」

「実はあのイルカの名前、僕が付けたんだ」

「え、そうなんですか！」

「うん、ドラドっていうんだけど」

何年か前に水族館で名付け親を募集していて、それに応募したところ運のいいことに採用されることになったのだ。それ以来何だか親しみを覚えていて、水族館に来る度にイルカショーに足を運ぶのは欠かしていない。

「そうなんですね。それじゃあおにいちゃんがあのイルカさんの名付け親ってことですよね。すごいです、おにいちゃん！」

サチちゃんが目を輝かせながらそう言ってきてくれる。無邪気な調子でそう言われて悪い気はしない。

――そういえば、似たようなことを言われたことがあったっけ。

ふいにそんなことを思い出した。はっきりとは覚えていないけれど、あれは確か一年くらい前のことだ。やはりこの水族館でイルカを見ていた時に、たまたまそこにいた同じ学校の女子にそう言われたのだ。「じゃあきみはこの子たちの名付け親なんだね」と。どうして今になってその時のことが頭に浮かんだのかは分からない。イルカについて訊いてくるサチちゃんの様子が、その時の女子に似ていたからだろうか。

「……」

と、そこでやけに隣が静かなことに気付いた。

ついさっきまで賑やかだった死神が、珍しく口をつぐんで黙りこんでいた。

「茅野さん？」

「……え？」

「どうしたの、急に静かになって。具合でも悪い？」

そう声をかけると、慌てたように首を振った。

「あ、ううん、そうじゃないよ。何でもないっていうか、望月くんが急にイルカの名前の話をはじめたから、ちょっとびっくりしたっていうか」

その言葉が何かを誤魔化しているということは、鈍い僕にも理解できた。

今の表情は何だったんだろう？　何か口にしたいことがあるかのような、何かに耐えるような……

気にはなったけれど、それ以上は訊くことができなかった。まだ僕たちの関係は、それ以上踏み込めるほどのものじゃなかった。

視界の端のプールでは、イルカたちが水しぶきを上げながら輪をくぐっていた。

「……イルカは、本当は十頭いたんだよ」

茅野さんが小さくそうつぶやいていたのを、僕は聞き取ることができなかった。

「すごくたのしかったです！」

イルカショーを観賞し終えて、サチちゃんが興奮した面持ちでそう言った。

「イルカさんたちがたくさんで、迫力がすごかったです。水しぶきがここまでとんできて……」

「あの火の点《つ》いた輪をくぐるのとか、すごかったよね」

「はい！　イルカさんたちがうまくぐるぐることができるのかと思って、ドキドキしちゃいました」

両手をぎゅっと握りながら弾んだ声を上げる。

ここまで楽しげな感情を露わにするサチちゃんの笑顔は、はじめて見たような気がした。

「サチちゃん、そんなにイルカショーが好きなんだ？」

そう訊き返すと、サチちゃんは嬉しそうに破顔した。

「あのね、昔、おかあさんに、ここに連れてきてもらったことがあるんです」

「そうなの？」

「はい。まだサチが小学校に入るまえです。手を引いていろいろなお魚さんを見せてくれて、さいごにこのプールにつれてきてくれました。とってもたのしくて、うれしい時間でした。だからイルカさんもイルカショーも、大好きです」

その時のことを思い出しているかのように表情を輝かせる。

だけどその顔が、日が翳《かげ》っていくように曇った。

「……でも最近、おかあさんはあんまり笑ってくれません」

「サチちゃん……」

「お仕事で、つかれてるのかな……。だからおかあさんに笑顔になってほしくて、イルカのぬいぐるみをあげたいと思ったんです」

その表情は今まで見たことがないほど沈んだものだった。

この子は本当に母親のことを好きなんだな……と感じさせられる。そのことは少しだけ羨ましくもあった。

「サチちゃんは、お母さんのことが好き?」

「はい、好きです!」

迷いのない返事。

だけど、僕らは知ってしまうことになる。

――サチちゃんの、真実を。

4

ぬいぐるみ作り五日目。

その日は少しばかり熱中しすぎてしまったのかもしれない。

制作過程がいよいよ綿を入れて縫い合わせるという佳境に差しかかっていたこともあったのだろう。根を詰めて、ついついがんばりすぎてしまった。

いつ寝こんでしまったのかも分からなかった。

気が付いたら、朝になっていた。

窓から差し込むまぶしい光で、目が覚めた。スマホで時間を確認すると六時半。すぐ隣では、仲良く抱き合いながら寝息を立てる茅野さんとサチちゃんの姿があった。

その姿は傍から見ていてとても自然で、何だか本当の姉妹みたいだ……などとぼんやりと考えていて、そこではたと現状に気付く。

こ、こ、ここに茅野さんとサチちゃんが寝ているということは。

慌てて二人の身体を揺すった。

「ううん……望月くん……ちゃんとお手をしてくれなきゃだめだよぉ……」

何て夢を見ているんだ。

「いいから起きて。サチちゃんも」

「……あれ、何で章くんがいるの？　夜這《よば》い？　朝チュン……？」

「……違うから」

まだ寝ぼけ眼の茅野さんに状況を説明する。

「あちゃー、やっちゃったか。朝帰りだ……」

ようやく現状を理解してくれたのか、額に手を当てて茅野さんがそう嘆息した。茅野さんもだけれど、それ以上にサチちゃんを家に帰せなかったのはまずかった。

当のサチちゃんはというと、まだあまり状況の深刻さを分かっていないのか、眠そうな目をこすりながらボーっとこっちを見上げている。

「……とにかく、すぐにでもサチちゃんを連れて謝りに行かないと」

「え、それはいいんじゃないかな。家の近くまで送っていって、そのままこっそりサチちゃんに戻ってもらえば……」

「そういうわけにもいかないだろ。仮にもこんな小さな女の子を一晩家に帰さなかったんだ。ちゃんと説明して謝る責任がある」

「それは……そうだけど」

珍しく茅野さんにしては歯切れが悪い。こういう時には我先に「大丈夫、望月くんがロリコンじゃなくて巨乳好きだってことはわたしがちゃんと証言してあげるから！」とか言って走り出しそうなのに。

きっと、茅野さんは分かっていたんだろう。

向かった先で、僕たちが見てしまうものを。


サチちゃんの家は、前に送ったマンションの三階にあった。

エレベーターから一番離れた角部屋で、表札に『桜井《さくらい》』と書かれている。ここでいいのかと確認すると、サチちゃんはどこか曖昧にうなずいた。

呼び鈴を押すと、すぐに反応があった。

パタパタと足音がして、中からまだ若い女の人が出てくる。サチちゃんにとてもよく似た顔立ちで、母親なのだとひと目で分かった。

「あの、すみません、ええと、僕たちはサチちゃんの友だちで……」

何と言い訳をしても怪しまれるのは分かっていたけれど、せめて誠意を持って説明するしかない。警察を呼ばれたり、今後サチちゃんと会うのを禁止されたりするのだけは避けたいところだった。

「同じ小学校の出身で、学校の課題を手伝っていたんです。それに熱中してしまって、その、こんな時間になってしまって……」

とはいえ多少の嘘が入るのは仕方がない。母親のためにプレゼントを作っていることは秘密だったし、そもそも死神うんぬんの話は言ったところで信じてもらえるわけがない。頭がおかしいと思われるのが関の山だ。

「……」

母親からの反応はない。

ただ黙って、感情の見えない瞳でこちらをじっと見つめている。

その態度にはどこか違和感があった。

自分の娘のことなのに、まるで他人事《ひとごと》みたいな……

「……」

まさかもう『忘却』が始まっている……？

『忘却』が始まる時期は人それぞれだと茅野さんは言っていた。『死』を迎える五分前に始まる人もいれば、何年も前に始まる人もいるのだという。サチちゃんがいつ亡くなるのかについては僕は知らされていないが、その時期によってはもうすでに忘れられかけてしまっていても不思議ではない。

——そうだったら、いくらかよかったのに。

母親のこの反応が、『忘却』によるものだったら、いくぶん救われただろう。

だけどそうではないことに、すぐに僕は気付いてしまった。

サチちゃんの母親の目。

それは他人を見る目ではない。

他人ではなくて、まったく興味のないものを見る時の目だということに。

「……っ……」

気付くべきだった。

もっと早く、察するべきだった。

ほとんど同じ時間を過ごすことがないという母親。

あまり笑ってくれずに構ってくれないという訴え。

他のだれでもなく、僕だけは理解するべきだったのだ。

そう、今、サチちゃんを見ている母親の目は、彼女のことを『忘却』している目ではなかった。

それよりも、もっと残酷なもの。

それとよく似た目を、僕は見たことがあった。


――無関心。


それは忘れられるのよりも、嫌われるのよりも、もっともっと残酷なものだった。

しばらく値踏みをするように僕たちを見た後、母親は何も言わずに部屋の奥へと引っこんでいった。

その後を追うように、サチちゃんも慌てたように部屋へと入る。

途中で振り返って、僕たちを見た。

「……ごめんなさい、おかあさん、つかれてるんだとおもいます」

「サチちゃん……」

「ええと、天国にいく時間が近づくと、わすれられちゃうんですよね？　もう、サチのことわすれちゃったのかな……」

そう言って、困ったような笑みを浮かべる。

そのサチちゃんの表情に、僕は何も言うことができなかった。

マンションから外に出ると、すっかり日は昇っていた。

景色は辺り一面が真っ白に染まっていて、街路樹が地面に濃い影を落としている。強烈な日差しがジリジリと照り付けてきて、夏がもう近いということを示していた。

「茅野さんは……知ってたんだね」

「……うん」

そう尋ねると、茅野さんはためらいがちにそううなずいた。

「……指示書には、そういうことも書いてあるの。それに対象者は、担当する死神の境遇や未練と似ることが多いんだよ。だから……」

「……そっか」

だから茅野さんは母親と直接会うことを避けようとしたのか。

おそらくは僕の、ために。

死神の情報網とやらは優秀らしいから、きっとそこまで調査済みなのだろう。

息を吐いて空を仰ぎ見る。なるほど、その気遣いは正しい。

――だって僕の母親も、サチちゃんの母親と同じだったから。

自分の子どもに興味が持てず、関心がない。

　詳しい事情までは分からないけれど、少なくとも僕に対して無関心だという点では共通していた。

　……物心が付いた時から、違和感はあった。仕事で忙しくほとんど家にいたことがない、休みの日にいっしょにどこかに遊びに連れて行ってもらったことがない、手料理というものを作ってもらったことがない、授業参観に来てくれたことがない、温かい笑みというものを向けられたことがない。挙げればキリがない。サチちゃんが感じていたのと同じようなことだ。もっとも僕は早い段階でそういうものだと見切りを付けて、諦めてしまっていたけれど。

　父親も似たようなタイプだった。無関心ということはないけれど、一番の関心事は仕事と妻にあるようだった。時折話しかけたり気が向いた時にはどこかに連れていったりはしてくれたけれど、最後までそこから義務感という仮面がなくなることはなかったと思う。

　そもそも、両親は子どもを望んでいなかったということも後から知った。たまたまできてしまったから産んだだけなのだと。それでも虐待や育児放棄などをすることなく、経済的には何不自由なく育ててくれたことは感謝している。たとえそこに愛情はなかったとしても、そうしてくれたことだけは厳然たる事実であるから。

だといっても、僕の中に母親に対して愛情を求める気持ちがなかったかと言われれば嘘になる。見切りを付けて諦めたフリをしつつも、それが心の奥底から完全に消えてなくなることはなかった。それでも僕が何とかやってこられたのは、きっと心を預けられる相手が——春子さんたちがいてくれたからだろう。

だけど、サチちゃんには春子さんたちはいない。

母親の代わりに愛情や関心を向けてくれる相手は、いない。

「……」

どこまでも続くような蒼穹《そうきゅう》には雲一つなくて、その天の高さが余計に自分たちの無力さを際立たせた。

きっと、サチちゃんの母親も望んでそうしているわけではないんだろう。

好きで自分の娘に対してあんな態度を取っているわけじゃないんだろう。

だけどこの世界には確かに存在するのだ。

何かのきっかけで、我が子に関心を持つことをできなくなってしまった親というものが。

「それでも、サチちゃんはお母さんのためにぬいぐるみを作ろうっていうのか……」

まもなく死を迎えようという女の子が、最期の望みとして選んだもの。

それが自分に一切の関心を持っていない母親へのプレゼントだというのは、皮肉な話だった。

「サチちゃん、ぬいぐるみ作り、続けるのかな……？」

「どうなんだろうな。でも僕は、彼女の意思を尊重しようと思う。やめたいって言うならその通りにするし、続けるっていうのならこれまでと同じように手伝う」

「……うん、望月くんはそう言うと思ったよ」

僕の顔を真っ直ぐに見て、茅野さんは言う。

「だって望月くん、ロリコンだもんね」

「ああ、そう――って、違う！」

「え、違うの？　あ、そっか、望月くんは巨乳好きだもんね」

「それも違う！　僕は普通の大きさがいい――って、何を言わせるんだよ！」

「あはは」

まるで何事もなかったみたいに笑う茅野さん。

だけどそれも、彼女なりの気遣いだということに思い至る。そう、彼女はいつだって僕らが及びもつかないような気遣いを周囲に対してしていたのだ。

降り注ぐ日差しは、どこまでも白くまぶしかった。

5

翌日。

サチちゃんはいつも通り、待ち合わせ場所に立っていた。

「昨日はごめんなさいでした。今日からまたよろしくおねがいします」

そう言って、小さく笑った。

だから僕らも昨日のことについては、触れないことにした。

そのことは今さら僕たちが騒ぎ立ててどうにかなるものでもない。そんなに簡単にどうにかなるものだったら、こんなことにはなっていないだろう。だったらサチちゃん本人が望まない限り、蒸し返さない方がいいと思ったのだ。

イルカのぬいぐるみは、もう八割方完成していた。

胴体に綿を入れる作業は一昨日でほぼ終わっていたし、後は残りの部分を縫い合わせて、ビーズの目を付けるだけだ。おそらく今日か明日には出来上がるだろう。

「イルカさん、だいぶできあがってきました」

弾んだ声でそう口にしながら、サチちゃんは作業を進めていく。

だけどイルカのぬいぐるみが完成するということは、彼女の未練が解消されるということは……その日が近いということを意味していた。

「あの、おねえちゃん、おにいちゃん」

「？」

「ん？」

「……わすれられたら、人はどうなるんですか？」

ビーズの目をどれにするか選びながら、ぽつりとサチちゃんが言った。

「わすれられると、いないものと同じになるんですよね？　だれからも、おかあさんからも話しかけたり笑ってもらえなくなる。でもそれって、今と何がちがうんですか？　今のサチは、だって……」

「それは……」

その問いに、僕たちは答えることができない。

「……ごめんなさい、何でもないです」

サチちゃんはそう言って、作業に戻った。

その日は、作業は最後まで終わらなかった。

完成したのは翌日だった。

「――できた……！」

サチちゃんが小さく声を上げる。

嬉しそうな表情を浮かべるサチちゃんの腕には、ピンク色のリボンが着けられたイルカのぬいぐるみがちょこんと収まっていた。

「やったね、サチちゃん！」

「はいっ！」

そう言って頭を撫でる茅野さんに、改まった口調で答える。

「あの、おねえちゃん、おにいちゃん」

「？」

「おねえちゃんとおにいちゃんがいてくれたから、イルカのぬいぐるみ、作ることができました。ほんとうにありがとうございました」

そう言って、深々と頭を下げた。

「そんな、お礼なんていいよ」

「そうだよ、望月くんは好きでやったんだから」

「その言い方、なんか気になるな」

「えー、別に。望月くんはロリコンなんて言ってないよ？」

「今言っただろ！」

そのやり取りを見て、サチちゃんはクスクスと笑った。

だけどやがてその笑みにすっと影が落ち、こうつぶやくように口にした。

「……サチ、ずっと不思議だったんです。どうしておかあさんは笑ってくれないんだろう。よそのおうちのおかあさんは、おやすみの日にいっしょにどこかにあそびに行ったり、ご飯を食べたりしてくれているのに、どうしてサチのおかあさんはそうじゃないんだろう。ずっとそう思っていました」

「……」

「サチが何か悪いことをしたから、いい子じゃないから、そうなんだと思っていました。家族ってどういうものなのか、サチには分かりませんでした。でも……」

そこで小さく顔を上げる。

「このぬいぐるみをプレゼントしたら、おかあさんはまた笑ってくれるでしょうか？

昔みたいに笑って、サチのことをいない子みたいにあつかわないでくれる……でしょうか……？」

「それは……」

その問いに、僕は答えることはできなかった。いいや、正確に言えば、その答えは知っていた。だけどそれがサチちゃんの望むものではないことは分かっていたから。

口に出さなかったのは、きっと僕も心の奥底でどこか願っていたからだ。

もしかしたら何かが変わるんじゃないか。サチちゃんの想いが届いて、彼女の母親はサチちゃんに少しでも関心を向けてくれるようになるんじゃないか。

きっと、僕自身がそう信じたかったのだろう。僕自身は、最後までその願いが叶えられることはなかったから。

だからこそ、僕は彼女に報われてほしかったのかもしれなかった。

「僕たちも付いていくよ」

「え？」

「そのぬいぐるみを渡すのに。お母さんが受け取ってくれるか、笑ってくれるかは……分からない。でも、僕らが傍にいる。隣で見守っているから」

「おにいちゃん……」

見上げてくるサチちゃんの頭を撫でる。

たとえどんな結果が待ち受けていても、僕らだけはサチちゃんの味方でいたかった。

「ありがとうございます。おにいちゃんたちがいっしょにいてくれるなら、心強いです……」

そう言って、サチちゃんは笑った。

だけど、世界というものはどこまでも残酷にできているものなのだ。

6

照り付ける真っ白な光に、アスファルトが白く反射している。

立ち上る陽炎《かげろう》に覆われて淡く浮かび上がるマンションは、どこか現実感がなく白昼夢のように思えた。

以前にも訪れた三階の角部屋を訪れると、中からすぐに反応があった。

「はーい」という声とともに、ドアが開かれて女性が出てくる。

以前に見た、サチちゃんの母親だ。

隣のサチちゃんが、緊張したように身体を震わせた。

「あ、あの……これ……」

反応をうかがうように、サチちゃんがイルカのぬいぐるみを差し出す。

母親からの返事はない。

やはり無関心という名の拒絶を返されてしまうのだろうか。またあの路傍の石ころを見るような目で突き放されてしまうのだろうか。サチちゃんの表情も、石のように強《こわ》ばっている。

それからどれくらい経っただろう。

おそらくは一分にも満たない長さだったけれど、三十分にも一時間にも感じられる時間が過ぎた。

返ってきたのは、意外な返事だった。

「――あら、かわいい」

そんな好意的な声とともに、母親は玄関から一歩前に出た。

「イルカのぬいぐるみね。フェルトと綿を使って縫い上げてあるんだ。これ、あなたが作ったの？」

「は、はい。あんまり上手にできなかったですけど……」

「そうなのね。ううん、よくできているわ」

「あ……」

微笑《ほほえ》みながらヒザを折って、サチちゃんの頭を撫でる。その表情は穏やかで柔らかで、以前に見た無感情なものとはぜんぜん異なるものだった。

――サチちゃんの想いが通じたのか。

彼女の母親への一途《いちず》な想いが、無関心という名の氷を溶かしたのか。

そうであったのなら、僕はこの世界と神様とやらにいくばくかの好意を持っただろうに。

そう思ったのも束《つか》の間《ま》だった。

「――いい子ね、この辺の子なのかな？」

「あ……」

「ね、あなたのお名前は何ていうの？」

「……サチ、です……」

「サチちゃん。ふふ、偶然ね。おばさん、娘が生まれたら幸《さち》って名前にしようと思っていたの。幸せに生きてくれるように『幸』。今のところ予定はないんだけど、もしも本当に子どもを授かることができたら、サチちゃんみたいないい子に育ってもらいたいわ」

そう口にして柔らかな笑みを見せる。

それは柔らかな凶器だった。

真っ直ぐに向けられているものなのに、決してサチちゃんに対しては向けられていない微笑み。

待ち望んでいたはずの笑顔なのに、それはどこまでも残酷で、どこまでも的外れにサチちゃんの心をえぐるものだった。

「サチちゃん——」

たまらなくなって割って入ろうとする。だけどそれを止めたのは茅野さんだった。

「茅野さん？」

「……」

黙ったまま、首を振って僕のことを制す。もうちょっとだけ待って、と目が言っていた。

するとサチちゃんは、母親の顔を見上げて、泣き笑いみたいな顔でこう小さくつぶやいた。

「……だと、思っていいですか……」

「ん？」

「あの、サチ、おかあさんがいないんです。いなく、なっちゃったんです。だから今だけ、おばさんのことをサチのおかあさんだと思っていいですか……？」

その申し出に母親は一度だけ目を瞬かせた。だけどすぐに小さくうなずくと、にっこりと笑ってこう言った。

「うん、いいわよ。サチちゃん」

「あ……」

「……」

「……おかあ……さん……」

小さく声を震わせながら、その胸にすがりつく。

「……おかあさん……おかあさん……っ……」

きっと、ずっとそうしたかったのだろう。

たとえ仮初めであっても、求め続けた母親の優しい温《ぬく》もりだ。胸に顔を深く埋めて、泣きながら声を上げ続けた。

その時だった。

母親の目から、光るものがこぼれた。

「あらやだ、どうして……」

母親自身、自分がなぜ涙を流しているのかを理解していないみたいだった。ただ不思議そうな顔で首を傾けて、その濡れた頰を拭っている。

その涙が何を意味していたのか分からない。

自分の娘を忘れてしまったことへの無意識の自責の発露かもしれないし、彼女に残っていたほんの僅かなサチちゃんへの記憶の残滓《ざんし》が結実したのかもしれない。もしかしたらただ目にゴミが入っただけかもしれない。

だけど僕は信じたかった。

欠片《かけら》ほどの可能性でも、信じたかった。

サチちゃんがイルカのぬいぐるみに込めた想いの——そのほんのひとひらだけでも、届いたことを。


「ありがとうございました」

マンションのエントランスから出たところで、サチちゃんがペコリと頭を下げた。

「おにいちゃんとおねえちゃんのおかげで、おかあさんに、イルカのぬいぐるみを渡すことができました。笑ってもらうことができました。だきしめて……頭をなでてもらうことができました。これでサチにはもう、やりたいことはありません」

「サチちゃん……」

真っ直ぐにこっちを見上げるその目には、ウソや後悔の色は見られなかった。少なくとも、僕には分からなかった。

たとえ自分に向けられたものでなくとも、『忘却』が作り出したものでも……母親の笑顔と温もりこそがサチちゃんの求めていたものだったということか。大人びていてもサチちゃんはまだ九歳だ。どんな形であれ母親の優しい態度を求めるのは当たり前のことなのかもしれない。

きっと茅野さんには、そのことが分かっていたのだろう。

それはとても悲しくて、とてもやり切れないことだ。

「おかあさん、とってもあったかかったです。あったかくてやわらかくてやさしくて、いい匂いがしました……」

「……」

「サチはうまれかわったら……またおかあさんの子どもになりたいです」

にっこりと透明な笑みでそう口にする。

その言葉に、僕らは何も言うことができなかった。


サチちゃんが亡くなったと聞かされたのは、その翌日だった。

7

忘れられることと忘れられないこと。

果たして幸せなのはどちらなのだろうか。

春子さんは忘れられないことを望み、自らの想いを未来に託した。

サチちゃんは忘れられることで、その望みを手に入れることができた。

皮肉な話だった。

サチちゃんの母親は……サチちゃんを忘れることによって、彼女への関心を取り戻したのだ。

「……サチちゃんのお母さんは、最初は確かにサチちゃんを愛してたんだよ。途中で何があったのかは分からない。でも、サチちゃんは望まれていた。それだけは本当だったんだよ」

「……」

茅野さんのその言葉が正しいのかは分からない。

サチちゃんはその名前のように幸せだったのか。それすらも分からない。

ただ空には、サチちゃんが『忘却』される前と何ら変わらずに太陽が強い日差しを放っていた。日差しは視界一面を包みこみ、世界をどこまでも白く染めている。まるで全てが幻であるかのように。

僕はふと、気になっていたことを口にした。

「……ねえ、茅野さん」

「ん？」

「茅野さんは……どうして死神を、やっているの？」

死にゆく人を、『忘却』される人たちと関わって、その未練を解消する手伝いをする。理不尽な現実に触れて、擦り切れてしまいそうな感情と向き合って……こんなのはただただ辛くて残酷なだけだ。

僕は春子さんを忘れないために死神になった。だけど茅野さんはなぜ死神になり、この仕事を続けているのだろう。

「うーん、どうしてだろうね」

その問いに茅野さんは曖昧な表情を浮かべた。

「わたしが死神になったのは、もうだいぶ前のことだから、詳しいことは覚えてないよ。ただ——」

そう口にして、空を仰ぐと、

「——蒼い月の下で、願いを叶えるため、かな」

短く、そう答えた。

その言葉は、真っ白な空に溶けこんで、消えていった。

☾

たとえばわたしが一人でも耐えることができたのは、ひとえに彼がいてくれたからだろう。

はじめて出会ったのは、蒼い月の下だった。

——母親が死んだと聞かされた夜だった。

名前も顔も知らない、血の繋《つな》がりだけがあるという家族。

悲しくも辛くもなかった。

ただ、無性にやるせなかった。

唯一の肉親が亡くなってしまったことも、そのことに悲しみを感じていない自分も、そしてそうであるにもかかわらずどうしてか涙を流してしまっている自分も、何もかも。

施設での暮らしは、冷たい監獄にいるかのようだった。

感情のない管理生活、頻発する体罰、冷ややかな態度。直接的な虐待がないことだけが唯一の救いだったが、それもいつまで続くことか分からない。

だからわたしは時々夜に一人で施設を抜け出して、砂浜へと出かけた。

嫌なことやしんどいことがあった時に、こうして一人で砂浜を歩きながら蒼く柔らかく輝く月を見ていると、何だか心が落ち着くような気がしたから。

どれくらいそうしていただろう。

「ねえ、何をしているの？」

「え……」

ふいに、声をかけられた。

同じくらいの歳の、男の子だった。

「？　泣いてるの。何か……あったの？」

「別に……」

そっけない返事になってしまった。

泣いているところを見られたというバツの悪さもあったし、まさかこの時間に話しかけてくる相手なんていないと思っていて不意を突かれたということもある。

会話をするつもりはなかった。

適当にあしらって、追いはらうか自分からこの場を去るかするつもりだった。

なのにどうしてだろう。

真っ直ぐにこっちを見つめてくるその子の目を見ていたら、何だか心が変わった。

ふいに何もかもぶちまけてしまいたい衝動に襲われた。

「お母さんが、死んだの」

気付けばわたしはそう口にしていた。

「生まれてすぐに捨てられて、一度も会ったことのないお母さん。別に愛着なんてないはずなのに、悲しくなんてないはずなのに、そう聞かされたら、どんな顔をしていいか分からなくなった。だから月を見に来たの。昔から、月を見ていると何だか心が落ち着いたから……」

はじめて会ったばかりの相手にこんなことを言って何になるんだろう。いいや、違う。はじめて会った相手だからこそ、変に気負うことなく言えたのかもしれない。

「そっか」しばしの沈黙の後、彼は静かにこう言った。「きみは……悔しかったんだね」

「悔しい……？」

訊き返したわたしに、彼は言った。

「うん。最期まで関心を向けてくれなくて、愛情を向けてくれなかった母親に。そのことを悲しいと思えない自分に。どうにもならない世界に」

その言葉は、ストンとわたしの胸の奥に落ちた。

ああそうか、わたしは悔しかったんだ……

母親に対して、自分に対して、世界に対して、悔しさを抱えていたんだ。

一度指摘されてしまえば、もうそれ以外の理由なんて考えられなかった。

それを教えてくれた彼のことが、急に親しみを持って見えた。

「……僕もね、同じなんだ」

彼は言った。

「母親はいるけれど……ほとんどいないみたいなもので、一人きりなんだ。だからさ」

そこで一度言葉を切ると。

真っ直ぐにわたしの目を見て、

「――〝家族〟になろうよ」

彼は、そう言った。

その言葉は、蒼い月の光と混じり合って、わたしの心の深い部分に染みこんでいった。

きっとそれこそが……わたしがずっと欲しかった言葉なのだ。

「……うん」

その日から、彼はわたしにとっての特別になった。

唯一の〝家族〟になった。

——たとえ自分の命と引き替えにしてでも、守りたい存在となったのだ。

第三話『死神と告白』

0

季節は緩やかに移り変わり、辺りの風景をすっかり夏へと変えていた。

梅雨の雨露に濡れて黒く染まることが多かった草花はその様を変え、今はまばゆいばかりの鮮やかな緑を披露している。照り付ける日差しは強烈で、帽子なしでは外を歩くのすら少しばかり辛い。木々から聞こえるセミの鳴き声が日増しに多くなってきていて、由比ヶ浜《ゆいがはま》や七里ヶ浜《しちりがはま》などの砂浜沿いの道には海水浴客の姿も見られるようになった。

七月。

僕が死神の仕事を手伝うようになってから、三ヶ月が経とうとしていた。

あれからも何人もの『忘却』される人たちと関わった。

茅野さんと二人で、その最期の時を間近で目にしてきた。

様々な未練があった。

子どもの頃に生き別れた父親に会いたいという女性。

初恋の相手に告白をしたいという中学生。

飼い主の腕の中で最期を迎えたいという猫。

そのどれもが真摯で真っ直ぐで、何にも代えがたいその人だけの切なる想いがそこにはあった。

正直、楽な仕事ではなかった。対象者たちの想い、剝《む》き出《だ》しの生の感情に向き合わなければならないのは、生半可な気持ちではできることではない。時にはぶつかることもあったし、納得のできないことも多々あった。けれど最期には、ほとんどの対象者たちが自らの未練に何らかの決着をつけて逝ってくれたことだけは、せめてもの救いだった。

「やっぱり人が最期に求めるのは、だれか他の人との繫がりなんだよね。それがどんな形であれ」

春子さんのように、サチちゃんのように。

未練が昇華され、対象者たちがこの世界から『忘却』された後、茅野さんはどこか遠くを見るような目で決まってそう口にしていた。その横顔が何かを受け入れた殉教者みたいに見えたのは、僕の気のせいだっただろうか。

やがてさらに時間は進み、夏休みも中盤へと入る。

夏の暑さは日増しにその度合いを増していき、外に出るだけで頭がぼんやりとするような日が多くなってきていた。

死神の仕事はだいたい月に一度か二度くらいの割合で回ってきて、次第にそれがある毎日に慣れつつもあった。

「さ、望月くん、今日もお仕事だよ！」

降り注ぐ日差しと同じくらい明るい調子でそう言ってくる茅野さん。

そのマイペース極まりない態度と内心に抱える感情が異なることはもう分かっていたので、そのことはもう気にならなかった。

そんな時に、僕は今までにない対象者と出会うことになる。

そしてその邂逅《かいこう》は、ここから始まる僕の見習いとしてではない死神の仕事への重要な分岐点となるのだ。

それは——

1

「……元・死神？」

「うん、そうだよ」

僕の問いに、茅野さんはあっさりとそううなずいた。

「今度の対象者は、もともとは死神をやっていた人なの。ちょっと前に死神の仕事は退職していたんだけど……」

「死神って……死ぬんだ」

根本的な疑問を口にすると、茅野さんは眉をハの字にした。

「それはそうだよ。わたしたちは別に神様でも特別な存在でも何でもないんだから。ただ未練を持つ者の願いを叶える役目を世界から与えられていて、『忘却』された人たちのことを覚えていられる。それだけの存在なんだよ」

確かにその通りだった。

死神なんていう不吉な名称を冠してはいるものの、茅野さん自身は普通の女子高生と何も変わらない。魔法が使えるわけでも、奇跡を起こせるわけでもない。それはこの三ヶ月で僕が一番よく分かっていた。あくまで常人が何かをすることができる範囲内で、『忘却』される人たちの未練を叶えるだけだ。

じゃあ死神とはいったい何なのか。

忘れられる者たちの未練をただ叶えるだけの存在？　それとも『忘却』された者を覚えている機能としての存在？

考えてみても答えは出ない。

茅野さんも、以前に死神の詳細についてはほとんど分からないと言っていた。ただ、そういった機構が世界の仕組みとして存在しているということくらいしか。それはきっと、そこにあるけれどどうしてあるのか分からない、摂理みたいなものなんだろう。

茅野さんが言うには、対象者とは小町通りにある喫茶店で待ち合わせをしているとのことだった。

「え、もしかして知り合いなの？」

尋ねると茅野さんはうなずいた。

「うん、そうだよ。ていうか、先輩の死神の人なの。死神になったばっかりの頃に、色々と教えてもらったりしてお世話になった人」

「……」

そんな相手なのか。

よりによってそんな浅くない関わりのある相手の最期を看取ることになるなんて。皮肉なのか、それとも気を利かせたつもりなのか。どちらにしても、やはりこの世界を睥睨《へいげい》する神様とやらは相当に性格が悪い。

天に向かって舌打ちをしながら、本通りを一本逸《そ》れた裏道にある喫茶店へと二人で入る。

「あ、花織ちゃん。こっちこっち！」

入店するなり、高らかな声が響いた。

声の方に目を遣ると、こっちに向かって手を振る人の姿があった。柔らかな雰囲気と泣きぼくろが印象的な、春子さんよりも少し歳上《としうえ》くらいの女の人だった。

「夕奈《ゆうな》さん、お久しぶりです」

手を振り返して、茅野さんが女の人のもとへと駆け寄っていく。僕もその後に続いた。

「ほんと久しぶりねえ。最後に会ったのは年が明けてすぐくらいの頃だったから、もう半年以上前かあ」

「はい。確か最後にいっしょにお仕事をした時ですよね」

「そうそう、地下アイドルをやっていた女の人だったわよね。あの時は花織ちゃんもいっしょに歌って踊ることになって大変で……」

「そ、それは言わない約束ですよぉ」

積もる話で盛り上がっているようだ。

ひとしきり黄色い笑い声を店内に響かせた後、そこではじめて気が付いたように女の人は僕の方を見た。

「ん、あれ、そっちの子は？」

「あ、ええと、僕は……」

ふいにそう尋ねられて慌てて自己紹介をしようとする。

すると茅野さんが先んじた。

「あ、こっちは望月くん。三ヶ月前に死神になったばっかりの見習いで、今はわたしの助手をやってもらってるんです」

「よろしくお願いします」

「あら、そうなの。よろしくね。……ん？」

口元に手を当てて、じっと僕の顔を見つめてくる。

「？　何ですか？」

「……うーん、きみ、初対面だっけ？　どこかで会ったことがあるような、ないような」

「え？」

そう言われても、僕には目の前の女の人に覚えはなかった。美人なので、一度見ていたら覚えていそうなものなのに。

「うーん、気のせいじゃないですか？　ほら、望月くんの顔、よくある感じですから」

「人を量産型みたいに言わないでくれ」

「えー、でもこないだクラスの子が鎌倉駅前で望月くんを見たって言ってたよ？　望月くん、その時わたしといっしょに藤沢でお仕事してたはずなのに」

「……」

そんなことを言われてしまっては反論のしようがない。

漫才のようなやり取りをする僕たちの傍らで、女の人は声を上げて笑った。

「あはは、二人とも、仲がいいのね」

「……そんなんじゃないです」

そう見えてしまったのなら、心外だ。

「そうなのかなあ？　ま、いいや。会ったことがあるっていうのは私の気のせいかな。私は夕奈。よろしくね、望月くん」

「こちらこそ、よろしくお願いします」

これから『死』を看取ることになる相手によろしくというのも変な感じだったけれど、それ以外に言いようがないのだから仕方がない。

女の人――夕奈さんに促されて、僕たちは対面に座った。茅野さんはジンジャーエールを頼み、僕はアイスコーヒーを頼んだ。夕奈さんはもうすでに二杯目のアイスティーを飲んでいた。

「さてさて、それで花織ちゃんがやって来たってことは……そろそろ、私のその時が来たってことなのよね？」

注文が揃いそれぞれが飲みものに口を付けたところで、夕奈さんがそう言った。

「……それは、その」

「あ、いいのいいの、これでも元・死神なんだから、そのあたりの覚悟はできてるわ。周りの人たちの反応からも、分かるしね」

「夕奈さん……」

「うーん、とはいってもいざ自分のこととなると迷うわよね。未練とかって、やりたいことがいっぱいありすぎて選べないっていうか……ウェディングドレスも一回着てみたいし、世界一周旅行もしてみたいし、満漢全席も食べてみたいし……」

口元に手を当てながら「うーん」と首を傾ける。

すると、やがて何かを思い付いたのかパチンと胸の前で手を打った。

「あ、そうね、だったら――」

そこで夕奈さんは一度言葉を止めた。

そして僕たちの顔を見て、こう言ったのだった。

「――だったら私、会いたい人がいるわ」

2

車窓から見える景色は、ゆったりと左から右へと流れていった。

ガタゴトと規則正しく揺れる振動はどこか心地好く、油断をするとあっという間に睡魔の餌食になってしまいそうになる。

僕たちがいるのは、小田急線という電車の中だ。神奈川県を北東から南西へと貫いて走るこの電車に揺られて、僕たちはとある街へと向かっていた。

会いたい人がいる。

それが夕奈さんの未練だということだった。

『あのね……学生の頃に好きだった人なの』

アイスティーのカップを置きながら、夕奈さんはそう口にした。

『住んでいたところの近くの河原で、よく絵を描いていた人。人物画が多かったかな。私もちょっとだけ描いてもらった。名前しか知らないんだけど、〝ヨシキ〟って言ってた。その人に、できることならもう一回だけ会ってみたいかな。本当は自分で探したいところなんだけど……ほら、やっぱり、お迎えが来るとなると色々準備とかがあるのよ。それで忙しくて。だからお願いできるかな？』

そう言って、夕奈さんは少しだけ寂しそうに笑った。

そういう次第で僕らが今向かっているのが、鎌倉から電車を乗り継いで一時間ほどのその街だった。行き先が北海道とかだったらどうしようかと思ったけれど、高校生が小遣いで行ける範囲で助かった。

「ふふふ、望月くんとこうして遠出するのははじめてだね。ちょっとした小旅行だー！」

茅野さんはそんなことを言ってはしゃいでいた。まったく、本当にどこからどう見ても死神らしくない。

途中の相模大野《さがみおおの》という駅で一度違う電車に乗り換える。ここからは目的の街まであと少し、急行で十分ほどだ。

「夕奈さんって、どういう人だったの？」

乗り換えた電車で無事に席を確保して、僕は尋ねた。

「え？　そうだなあ……見たままの明るい人で、面倒見がよくて、自分のことよりも他の誰かに感情移入しちゃうような優しい人だったよ。死神としてのキャリアはわたしよりも長かったから、よく助けてもらったかも」

「そうなんだ」

「うん。今の望月くんとわたしみたいな関係かなあ。夕奈さんがメインの担当で、わたしが見習い。わたしが担当にまで昇格した後も、夕奈さんが退職するまで、二人でいっしょに仕事をしてたんだよ」

まるで普通のアルバイトか何かを語るように茅野さんが答える。

「でも夕奈さんにそんな相手がいるなんて知らなかったな。夕奈さんとはけっこう長い間いっしょに仕事をしていたけど、そんなことは一回も聞いたことなかったから」

「そういうことは、女子同士でもあんまり話さないものなんじゃないの？」

「どうだろ？　う～ん、でもそうかもしれない。わたしもほとんどそっち系のことは喋らなかったし……」

そういうものらしい。

ともあれ夕奈さんが見た通りのいい人であるということは分かった。ならばできることならその未練を解消して、幸せな最期を迎えてほしいと思う。

目的の街には、それからすぐに到着した。


僕たちが降り立ったのは、そこそこな賑わいを見せる地方の街だった。

ＪＲと私鉄を合わせて三本の電車が通るターミナル駅であり、ここ最近になって開発が一気に進んだらしく、駅前には広めのペデストリアンデッキやタワーマンション、大きめのファッションビルなどがあるのが見える。

「おお、立派立派。鎌倉よりもだいぶ栄えてる感じだね」

茅野さんがそう歓声を上げる。

確かに、鎌倉よりも街の規模としては大きい感じだった。

僕たちは、まずは市内にあるという、児童養護施設に向かうことにした。

そこが——夕奈さんの出身だからだ。

『私ね、天涯孤独なんだ』

そう夕奈さんは言った。

『生まれてすぐに一人になったみたいで、家族の顔すら知らなくてね。子どもの頃から高校を卒業するまでずっとそこの施設で育ったの。実家みたいなものかな』

それは少しだけ意外だった。

明るくて人当たりのいい夕奈さんからは、そういった陰のある過去を感じられなかったから。それを言うと茅野さんは「いい女の本質は表面上の態度だけじゃはかれないのだよ」と訳知り顔で言っていたけれど、そればかりはその通りかもしれないと思った。

児童養護施設——『河原口愛子園』の住所はあらかじめ教えてもらっていた。スマホの地図アプリにそれを打ち込み、指示に従って最寄り駅の西口を出る。見る限り歩いて十分といったところだ。途中に大きなショッピングモールがあって、茅野さんがテンションを上げていた。

スマホの指示通りに歩いていくと、『河原口愛子園』と書かれた施設は、すぐに見付かった。

平屋建ての、小さな一軒家だった。玄関脇にあった呼び鈴を鳴らすと、中から中年の女性が姿を現した。

「どちらさまですか？」

園長さんだというその女性は、僕らの顔を見て少し声を高くした。

「あら、うちの園生のお友だちか何かかしら？」

「あ、いえ、違うんです。実はちょっと訊きたいことがあって……」

「？　何でしょう？」

園長さんが丁寧な口調でそう訊き返してくる。

「はい。あの、夕奈さんという人が昔ここに――」

言いかけた僕を、しかし遮ったのは茅野さんだった。

「あの、わたしたち、人を探しているんです。昔、この近くの河原で絵を描いていたという人なんですが……」

「？　茅野さん？」

思わず茅野さんの顔を見るも、僕に構わず彼女は続けた。

「たぶん、ええと……十年くらい前だと思います。今くらいの季節に、毎日のように絵を描くために来ていたはずなんです。あ、名前は『ヨシキ』だって聞きました」

その言葉に園長さんは首を傾けた。

「河原で？　ううん、そうねぇ、ここの河川敷《かせんしき》には公園もあって過ごしやすい場所だから、年中たくさん人が来るのよ。それこそ絵を描いてる人も一人や二人じゃないし。それにそんなに昔の話だと……」

それはある程度予想できた答えだった。

いくら近くにある河原とはいえ、十年も前に訪れていた人のことを覚えているかと言われれば、それは限りなく難しいだろう。だからこそ僕は夕奈さんとの関連性から切り込んでみようとしたのだけれど……。

だけど茅野さんは最後まで夕奈さんの名前を出すことはなかった。

「そうですか。分かりました。すみません、失礼します」

いえいえ、とにこやかに微笑む園長さんにお礼を言って、僕たちは『河原口愛子園』を後にした。

「どうして、夕奈さんの名前を出さなかったの？」

施設から少し離れたところで僕がそう尋ねると、その質問がくることを予想していたという顔で茅野さんは答えた。

「あー、うん、望月くんがそう言う気持ちは分かるよ。でも、それは訊くだけ無駄っていうか、変に怪しまれるだけだと思ったんだよ」

「怪しまれる？　どうして？」

「それは……」

その言葉に茅野さんは一瞬だけ言葉を止めた。

だけどすぐに顔を上げて、こう答える。

「だって、夕奈さんは……もう『忘却』されているから」

それは断定的な物言いだった。

「え、それはまだそうとは言えなくない？　夕奈さんの『忘却』がどれくらいはじまっているのか分からないし、もしかしたらまだ――」

「ううん」

茅野さんはきっぱりと言った。

「夕奈さんは、もう『忘却』されてる。甲種の死神である以上、それは絶対なんだよ」

「……？」

どうして茅野さんがそこまで言い切れるのか分からなかった。だけど死神の事情については彼女の方が先輩だ。きっと何か僕の知らない確信があるんだろう。そう言うのなら、それ以上は追及しないことにした。

「とにかくその河原に行ってみよ？　ほら、何だっけ、現場百回って言うじゃん」

それは事件捜査における初動の基本じゃないか、という突っ込みは、ひとまずこの場ではやめておくことにした。

3

件《くだん》の河原は、『河原口愛子園』から歩いて五分ほどの距離にあった。

園長さんの言っていた通り、河原の近くには公園もあって、たくさんの人たちで賑わっている。なるほど確かに絵を描いている人もそれなりにいるようだ。

視線を公園の向こうに送ってみると、その先には幅五十メートルほどの大きな川が流れているのが見えた。

ここまで大きな川を見るのははじめてだった。

鎌倉にも藤沢にも川はあるけれど、これほど大きなものはない。

何という川なのかと周りを見回すと、『一級河川相模川《さがみがわ》』と書かれた立て札が目に入った。

「わー、気持ちいいねぇ」

茅野さんが声を上げて、放した犬みたいに川辺へと駆け出す。そういえば江の島でもそうだった。あの時はもしかしたら春子さんと僕と二人だけにするために気を遣ってくれたのではと思っていたけれど、この様子を見るとそれも少しだけ疑わしくなってしまう。

「望月くんもおいでよ！　気持ちいーよー！」

膝上丈のスカートの裾をつまみながら、大声でそんな風に呼びかけてくる。その子どものような振る舞いに苦笑して、僕も水辺へと歩み寄った。

「ほら、カニがいるよ、カニ！」

「本当だ。沢蟹《さわがに》かな」

「これ、食べられるのかなあ？」

かわいいとか飼ってみたいとかよりも真っ先にその台詞《せりふ》が出てくるのが何とも茅野さんらしい。

しばらくの間、茅野さんは目を輝かせながら川辺の生き物を探していたが、やがて飽きたのか、僕に向けて水をかけてきた。

「……っ……!?」

「あはは、望月くん、水も滴るいい男だ！」

「何するんだよ」

「えー、だってボーっとしてるから。戦場では気を抜いた兵士からやられていくんだよ？」

「ここ、神奈川県だし、僕は兵士でも何でもな――」

「えいっ！」

「……。この、やったな！」

ムキになって僕もやり返す。

「くらえっ！」

「きゃー、望月くんがいじめるー」

「先にいじめられたのは僕の方だから」

「えー、おとなげなーい」

「同じ歳だろ。やっ！」

「あははは、当たんないよー！」

あっという間に茅野さんも僕もずぶ濡れになってしまったけれど、この暑さの中ではむしろそれも気持ちいい。子どもみたいに、僕らは声を上げながら夢中になって水をかけ合った。

「きゃっ……」

その時、背後からそんな小さな悲鳴が聞こえた。

振り返ると服をはたく素振りをする女の人がいた。勢い余って水が飛んでいってしまったのだろう。川辺を歩いていたその女の人に水がかかってしまっていた。

「あ、す、すみません！」

慌てて謝る。

幸いなことに直撃はしていなかったみたいだけれど、だからといって僕らに非がないということはない。

「ハンカチがあるんで、これ、使ってください。あ、それとクリーニング代を……」

「あ、いいよいいよ、これくらい大丈夫。びっくりして声が出ちゃったけど、気にしてないから」

「だけど……」

「本当に平気。今日は暑かったから、涼しくなってありがたいくらい」

そう言って笑う。ショートカットの、気持ちのいい雰囲気の女の人だった。

「きみたちは高校生？　この辺の子？」

「あ、いえ、鎌倉から来ていて……」

「鎌倉？　そんな遠くから来たんだ。何か用事でもあったの？」

「それは……」

茅野さんと顔を見合わせる。それを見た女の人が瞬きをした。

「ん、何かワケあり？　あんまり突っ込まれたくないんだったら詮索はしないけど」

「いえ、そういうわけじゃないんですが……」

「？」

少し迷ったけれど、僕らは事情を話してみることにした。

「あの……実は人を探しているんです。昔、この辺りでよく絵を描いていた人を知りませんか？」

「絵を？」

「はい。十年くらい前で、たぶん今は二十代くらいの男の人なんですけど……」

そう尋ねると、女の人は首を傾けた。

「うーん、どうかな。私もずっとこの辺りに住んでるんだけど、昔から絵を描きにくる人は大勢いたし。あ、だけどこの近くに、絵画教室があるの。そこの講師をやっている人がそれくらいの歳で、そういえば昔からここにはよく絵を描きに来ているって言っていたかもしれない」

「！　それ、本当ですか」

「うん、よかったら教室の場所、教えようか？」

もしかしたら当たりかもしれない。

女の人からその絵画教室の場所を教えてもらって、行ってみることにした。


絵画教室は、独特の匂いに包まれていた。

油のような、薬品のような、何とも言い難い他の場所では嗅ぐことのないものだ。

教室ではちょうどレッスンが行われているみたいだった。画材などが置かれた教室ほどの広さの部屋の中で、小学生や中学生くらいの生徒たちを相手に、男の人が指導をしている。あの人が『ヨシキ』さんなのだろうか。

「どう、思う？」

入り口の覗き窓から教室の中を覗きながら、僕は茅野さんに訊いた。

「うーん、どうかな。イケメンではあると思うけど、わたしの好みではないかも……」

「……茅野さんの好みがどうとかじゃなくてさ。あの人が夕奈さんの相手なのかな？」

「どうだろ？　でも訊いてみれば分かるんじゃないかな」

「そうだね」

レッスンが終わるのを待って、僕たちは男の人に話しかけた。

男の人は僕たちを見ると、少しだけ怪訝な顔をした。

「入会希望……じゃない雰囲気だね」

「はい、あの、実は僕たち、人を探していて……」

「人を？」

「そうなんです。あの、あなたはすぐそこの河原でよく絵を描いているんですよね？」

その問いに男の人が首を傾《かし》げながらうなずく。

「？　ああ、うん、描いているよ。これでも画家志望だからね」

女の人に聞いた通りだ。

だとすると、やはりこの人が『ヨシキ』さんなのだろうか。昔から河原で絵を描いている。二十代くらいの年齢。男の人。条件はほぼ満たしている。こうなったらもう遠回しな詮索は無用だ。単刀直入に確認してみることにした。

「すみません、その、名前を訊いてもいいですか？」

だけどその返答に、僕らは失望することになる。

「俺かい？　石井《いしい》一成《かずしげ》っていうんだ」

「一成さん、ですか……？」

「ああ。それがどうかしたかい？」

「いえ……」

『ヨシキ』さんではなかった。

いちおう他にも色々と訊いてみたけれど、そのどれもが夕奈さんの探している『ヨシキ』さんと合致するものではなかった。得意としているのは風景画だったし、そもそもこの街にやって来たのも七年前とのことだった。この人が夕奈さんの探し人ではないことは確実だった。

「もういいかな？　これから次のバイトなんだ」

「……はい、ありがとうございました」

落胆した気持ちを抱えながらも、お礼を言って僕たちは絵画教室を出た。

4

やはり名前と絵を描いていたという情報だけで十年前の一人の人間を探しだそうなんていうのは、砂漠の中で一枚の金貨を探すくらい難しいものなのだ。

西日に照らされる絵画教室を見上げながら、僕はそのことを実感していた。

手がかりはなくなった。

線は途切れてしまった。

もちろん夕奈さんのためにも、想い人を見つけたい。ただもうこれ以上どうしていいか分からないのもまた事実だった。

「むむむ、ちょっと状況は厳しいかもね。でももう少しだけがんばってみようよ。諦めたらそこで試合終了だよ」

茅野さんはまだ諦めていなかった。

死神の仕事に関してはいつも直向《ひたむ》きで真剣な彼女だけど、この一件に関しては特にこだわっているような気がする。やはり対象者が知っている相手だからだろうか。

「うーん、まあ、それも当然あるんだけどね」

訊いてみると、茅野さんは少しだけ遠くを見るような目でそう答えた。

何かそれ以外の特別な理由があるのだろうか。疑問に思っていると、やがて「ん、そうだね、望月くんにならいいや」と言って、こう続けた。

「あのね……わたしも施設育ちなんだ」

「え？」

「子どもの頃……もうぜんぜん覚えてないんだけど、母親に預けられたんだって。でも母親はそれっきり戻ってこなかった。そのまま亡くなったって聞いた。それ以来、ずっと一人で生きてきたんだよ。だからかな、夕奈さんのこと、他人事みたいに思えないんだよ。ほら、死神とその対象者は、未練と境遇が似るっていうから……」

「……」

それははじめて聞いた、茅野さんの身の上だった。

だけどそれを知って、ああ、そうか、と思った。何となく、出会った当初から僕が茅野さんに親近感を持つ理由が分かったような気がした。

彼女と僕は似ている。

母親から愛情が向けられなかったこと、温かな家族というものを知らないこと、天涯孤独の身であるということ。

死神とその担当する対象者とは未練や境遇が似ることが多いということだったけれど、それは助手との関係にも言えるんじゃないだろうか。何となく、そう思えた。

「あ、でも、一人だけいたかな、心を許せた人」

「え？」

と、茅野さんが言った。

「小学生の頃にね、施設の近くに住んでいた男の子がいたの。ちょうどね……最期まで迎えにも会いにも来なかったお母さんが亡くなったっていう報《しら》せを聞いた時に知り合った子で、すっごく仲が良かった。いっしょに月を見たり、約束をしたり、その子の家にまで遊びに行ったりもしたんだ。……初恋の、相手なんだけどね」

「そう、なんだ」

どうしてだろう。

茅野さんのその言葉に、少しだけ胸がチクリとするのを感じた。

それを目聡《めざと》く見つけた茅野さんが、にやりと笑みを浮かべる。

「あれあれ、もしかして嫉妬してる？」

「……。……してない」

「お、今の間はもしかして……？」

「違うって……」

本当に違うのだろうか。

僕自身、分からなかった。

「まっ、いいけどさー。お、そういえば、もうすぐブルームーンだね」

茅野さんが、空を見上げながら言った。

昼であっても月は消えてしまったわけではない。まばゆいばかりの太陽に隠されてただ見えにくくなっているだけだ。東の空に、陽光に溶けて淡く白くその存在を主張する月の姿があった。

「ブルームーン……そっか、もうそんなになるんだ」

いつだったか、茅野さんと話したことを思い出す。

ブルームーン。ひと月のうちに満月が二回ある時の、その二回目。見ると幸せが訪れるとか、蒼い月の夜には奇跡が起きるなどと言われている。確か、サチちゃんを送った帰り道だった。あれからもう二ヶ月も経ったというのが驚きだった。時の流れは考えているよりもずっと速く、まるで流れゆく川のようだ。

「もうあとちょっとなんだね。奇跡が起きる蒼い月の夜……か。うん、楽しみだな……」

茅野さんが空に目を遣ったままそうつぶやいていた。

どうしてだろう。

言葉とは裏腹に、その横顔が少しだけ翳っているように見えた。

話をしている内に、何となく河原へと戻ってきてしまった。

日は少しだけ西に傾いて、暑さはさっきまでよりもだいぶ和らいでいる。川縁《かわべり》であることと気持ちのいい風が吹いていることもあって、全身から噴き出していた汗がすっと引いていくのを感じた。

「ね、望月くん、やっぱりもう一回だけ聞き込みをしてみようよ。ほら、もしかしたら新しい情報があるかもしれないし」

「そうだね。分かった、やってみよう」

「うん、レッツゴー！」

河原や公園に来ている人たちに、片っ端からこの場所で絵を描いていた人のことを知らないか訊いてみる。

だけどやはり成果は得られない。それは無理もないことだ。そもそも十年前から定期的にこの場所を訪れている人自体が、ほとんどいないというのも痛かった。

二時間ほど聞き込みを続けたけれど、収穫はゼロだった。

「……ふう」

傾きを増した太陽は本格的に地平線に沈み込んでいき、その最後の輝きで川辺をオレンジ色に染めている。日没直前の鮮やかな橙《だいだい》。だけどそれらも間もなく闇に塗り潰されて夜の帳の中に消えるだろう。

今回ばかりは無理かもしれない。そう諦めかけていた時、ふと、見知った顔が目に入った。

「あれ、きみたち、戻ってきたんだ？」

さっきの女の人だった。

向こうも僕らに気が付いたのか、手を振って呼びかけてきた。

「どうだった、探してる人、見付かった？」

「いえ……ダメでした。違う人で」

「そっか。残念。ごめんね、お役に立てなくて」

「いいえ、そんな……」

むしろ雲を掴むようなよく分からない質問をした僕たちにそこまで協力してくれたことに十二分に感謝している。水をかけてしまった時の対応といい、きっといい人なのだろう。

ふと、そこで女の人の傍らにあるものが目に入った。イーゼルにキャンバス、絵の具だ。それはさっきまでいた絵画教室で、山ほど見かけたものだった。

「あれ……あなたも絵を描くんですか？」

「ん、そうだよ。あれ、言ってなかったっけ？」

「あ、はい」

「そっか。あのね、私も昔、あの絵画教室に通ってたんだよ。ていっても私の場合は趣味で描いてるだけだし、それにきみたちが探しているのは男の人なんだよね？　だから関係ないかなって」

確かにそれはそうだった。

とはいえ話しながら、何となく女の人の手元に目を遣る。

どうやら人物画を描いているみたいだった。大人が抱えるほどの大きさのキャンバスには、たぶんここの河原なのだろう、大きな流れを背景にして微笑んでいる女の人の姿があって……

「え、その人……」

思わず凝視してしまった。

女の人に詰め寄って、再度尋ねる。

「ん？　モチーフの相手？」

うなずき返すと、少し恥ずかしそうに女の人は答えた。

「あー、これはね、特定のだれかってわけじゃないの。その、夢に出てくる、人で……。自分でもどうしてこれを描いているのか分からないんだよ。だけど何でか気になって、無性に描かずにはいられなくなって……。こんなこと言っていると、周りからは変人扱いされて引かれるんだけどね。きみたちも引いちゃったかな……」

そう言って苦笑する。

引くはずがなかった。

だってそこに描かれていたのは泣きぼくろが印象的な優しげな女の人……夕奈さんだったのだから。

「あ、あの、すみません、あなたの名前は……？」

「私？　私は吉城《よしき》。吉城瞳《ひとみ》だよ」

思わず茅野さんと顔を見合わせた。

そして大きな誤解に気付く。ああ、そうだ。夕奈さんは確かに好きだった人とは言っていた。だけどそれが男の人だとは一言も口にしていなかったじゃないか。むしろ勝手な思い込みで相手を限定してしまったのは……僕たちの方だ。

瞬きをしながら僕たちを見る女の人――吉城さんに、僕達《ぼくたち》は尋ねた。

「あ、あの、明日もここに来ますか？」

「ん？　そうね、雨が降らない限りは夏休みの間はだいたいいると思うけど……」

「だったら明日、もう一回来ます。会ってほしい人がいるんです……！」

吉城さんが、不思議そうに首を傾けた。

5

『忘却』とは何だろう。

『忘却』とは、それに関わる死神とは。

そのことを、この期に及んでも僕はまだよく分かっていなかった。

翌日。夕奈さんを連れた僕たちは、再び河原へとやって来ていた。

その日もよく晴れた暑い一日だった。最高気温は三十度を超す真夏日で、川のほとりでは楽しげに水遊びをする親子連れの姿が目に入った。

吉城さんは、約束通り昨日と同じ場所で僕たちのことを待ってくれていた。その手元のキャンバスでは、隣に立つ夕奈さんと同じ顔が微笑んでいる。

「吉城、さん……」

彼女を見るなり、夕奈さんはそう口にした。

高音で柔らかく響くその声は、少しだけ震えている。

やはり彼女こそ、夕奈さんが探し求めていた『ヨシキ』さんだった。

ただ――

「ええと、はじめまして。吉城瞳っていいます。あなたが、私のことを探していたと聞きました」

「あ……」

「ただ……その、すみません、私はあなたのこと、たぶん知らないと思います。どこか懐かしい感じはするんですけど、でもやっぱり会った覚えはなくて……って、こんな絵を描いていて何を言ってるんだって感じなんですけどね……」

そう言って苦笑する。

吉城さんは……夕奈さんのことを覚えていなかった。

『忘却』、してしまっていた。

そのこと自体は、昨日の吉城さんとの会話から、想像はついていた。

「夕奈さん……」

茅野さんが、小さくそう声をかける。

「大丈夫よ。『忘却』されているっていうのは、最初から分かっていたことだから」

「それは、そうかもしれないですけど……」

「……」

「いいんですか？　彼女を選ぶという選択肢が、まだ残っていて……」

「……ううん、いいの」

そう、夕奈さんは力なく首を振った。

「確かに私たちの思い出はなくなってしまったのかもしれない。『忘却』の霧の中に埋もれてしまったのかもしれない。……だけど、まだ少しだけ時間はある。あなたたちが作ってくれた、未来への僅かな時間が。だったら私は……過去には囚《とら》われることなく、未来の可能性を選ぶよ」

そう言うと、夕奈さんは一歩前に出た。

吉城さんの顔を真っ直ぐに見て、にっこりと微笑む。

「あの、吉城さん、ですよね？」

「はい」

「ええと、突然で不躾《ぶしつけ》なんですけど、私と……お友だちになってくれませんか。事情があって、もう少ししたら私は遠いところに行かないといけないんです。だからそれまでの間だけでいいので、仲良くできたら嬉しいなって」

その申し出に、吉城さんは身を乗り出して大きくうなずいた。

「あ、こちらこそ、ぜひ！　その、どうしてかは分からないけど、最近になってあなたが夢に出てくるんです。でも、どうしてだか分からなくて……」

「……」

「ずっと引っかかってたんです。夢を見た後にどうしようもなく切なくなるのはなんだろう、この気持ちは何なんだろうって……。あなたといれば、それが分かると思うんです。だから、よかったら……この絵のモデルになってもらえませんか？」

吉城さんのその言葉に、夕奈さんは満面の笑みでこう返事をした。

「はい、喜んで」

夕奈さんの未練。

それが解消された瞬間だった。


夕奈さん曰《いわ》く、賭けだったのだという。

鎌倉への帰り道。

最寄り駅まで送ってくれた時に、彼女は僕にそう言った。

ちょうど飲み物を買ってくるということで、茅野さんが売店に行っていた時のことだ。

「正直……ほとんど見付かるとは思っていなかったの。十年前に少しの間だけ時間をともにして、それ以来一度も会っていなかった相手。だけど、もしもそれが叶うことがあったのなら、それはきっと彼女といっしょにいるべきなんだって神様が言っているんだと思って……」

だから夕奈さんは決めていたのだという。もしも僕たちが『ヨシキ』という名前だけで彼女のことを、吉城さんのことを見つけることができたのなら、ここから最期までの時間は全て彼女のために使おうと。

「ごめんね、試すみたいなことをして。だけど……私も、怖かったの。もう十年も前に少しの間だけ触れ合った相手。そして私のことを『忘却』している相手。その人と……正面から向き合うのが」

その気持ちは理解できた。

『忘却』されてしまった、かつては心を通じ合わせた相手。

こちらからすればこれ以上ないくらいに親しみを抱いている相手が、まるで他人を見るような目を向けてくるという現実に、心がついてこなくてもそれは仕方のないことだと思う。

ただ……一つだけ分からないことがある。

「でも、どうして『忘却』されているっていう前提だったんですか？」

「え……？」

「夕奈さんも、茅野さんも、吉城さんが夕奈さんのことを『忘却』していることにはじめから疑いを持っていないみたいでした。『忘却』のはじまる時期は人それぞれだって聞きました。まだ『忘却』がはじまっていない可能性もあるのに、どうして……」

その言葉に、夕奈さんは少しだけ驚いたような表情になった。

「あなた……何も聞いていないの？」

「？　何をですか？」

僕がそう答えると、夕奈さんは何かに気付いたようなハッとした顔をした。

「……ああ、そうか、そうなのね。あなたは乙種で、世界からじゃなくて、花織ちゃんに選ばれた死神。あの時の小さな男の子で……」

「……？」

「……これも運命なのかもしれない……あの時の子どもたちに、こうして見送ってもらうことになるなんて……」

そこで一度言葉を切ると、夕奈さんは僕の顔を見た。

「……花織ちゃんのこと、お願いね。私は彼女に、かつて残酷な選択をさせてしまった。どうしようもない重荷を与えてしまった。そのことを思い出すと、今でも胸が痛くなる。……あなたにこれを頼むのは筋違いだってことも分かっている。でも、あなたしかいないの、どうか……」

夕奈さんが何を言っているのか、僕にはさっぱり分からなかった。

どうしてここで茅野さんの名前が出てくるのか、これっぽっちも見当が付かない。

だけどその言葉に、夕奈さんの真剣な表情に……ひどく心が揺さぶられるのを感じた。

　と、そこで茅野さんがぱたぱたと足音を鳴らしながら戻って来た。

「ひゃー、遅くなってごめんなさい。ドクターペッパーがなかなかなくて、近くのコンビニにまで探しに行っちゃった……ん、二人で何の話をしてたんですか？」

　僕たちの間の雰囲気を察したのか、茅野さんが尋ねてくる。

　手の中の缶が、目に見えるくらい汗をかいていた。

「……ううん、何でもないわ」

「？」

　茅野さんは何が何だか分からないって顔をしていたけれど、夕奈さんはそれ以上を語ろうとはしなかった。

　ただ別れ際に、深々と頭を下げてこう口にした。

「二人とも……本当にありがとう。これで私は残りの人生を、後悔することなく全うすることができる。未練を残さずに、逝くことができる。だから……」

「……？」

「――だから……願わくば、あなたたちにも幸せな結末が訪れますように」

6

それから、夕奈さんと吉城さんは、一週間をともに過ごした。

二人の時間を共有して、たくさんのことを話し合って、そして吉城さんは絵を完成させたのだという。

その日を迎える前日に、茅野さんは夕奈さんと会ったらしい。会って、色々と話をしたのだという。

「これ、見て」

「これって……」

茅野さんが一枚の写真を差し出してくる。

そこにあったのは、幸せそうに微笑む夕奈さんと吉城さんの姿だった。

二人ともウェディングドレスを着て、完成した絵を手に持って、晴れやかに笑っている。

「フォトウェディングっていうんだって」

茅野さんが言った。

「ウェディングドレスを着て、結婚式を疑似体験できて、その時の様子を写真に撮ってくれるサービス。吉城さんといっしょにやってきたんだって。夕奈さん、すっごく幸せそうだった。望月くんにも、ありがとうって言ってた。このお礼は、〝幸せのお裾分け〟って形で絶対にするからって」

「そっか……」

夕奈さんが、この短い時間の中で何を得て何を残せたのかは分からない。

だけど幸せであると言ってくれたのならば、それだけで少しではあるけれど胸の奥が軽くなったような気がした。

それにしてもと思う。

『忘却』とは、死神とは本当に何なんだろう。

『忘却』と『死』に関わる死神であっても逃れられない『忘却』という運命。

それはいったい何のために存在して、これから先どうなっていくのか。

いくら考えても、分からなかった。

そしてもう一つ。

夕奈さんが最後に僕に向けて言った言葉。

それが今でも……胸の奥に引っかかっていた。

「ねえ、茅野さん……」

「ん？」

だから茅野さんに話してしまった。夕奈さんの口振りから、あまり茅野さんには伝えてほしくなかっただろうことは分かっている。でもどうしても気になって止められなかったのだ。

「……そっか。夕奈さん、そんなことを言ってたんだ」

それを聞いた茅野さんは小さくそう口にした。

「出会った最初から気を遣わせちゃって、最期までわたしのことを気にしてくれて……ほんと、夕奈さんには頭が上がらないかも。あはは」

ひとしきり寂しそうに笑った後、彼女は僕の方を向いた。

「……あのね、望月くん」

「うん」

「えっとね……次が最後なの」

それはまるで明日の天気を口にするみたいな口調だった。

「最後？」

って、何がだろうか？

首を傾ける僕に、茅野さんは続けた。

「今朝ね、うちにゆうパックで届いてたんだ。次の『忘却』される対象者の指示書。これが、わたしと望月くんの二人でやる、最後のお仕事になるの」

「それって、どういう……」

どうして次の仕事が最後になるのか。

その意味が分からない。

僕の疑問を受け流すかのように、茅野さんは笑った。

それまで何度も何度も見たような、向日葵の咲くような晴れやかな笑顔で。

そして、どこか寂しげにこう言った。

「――次の対象者は、わたしだから」

☆

たとえば僕が一人で耐えることができたのは、彼女がいてくれたからだと思う。

一番近くにいてくれた、〝家族〟だった彼女。

彼女と――月子と過ごす時間と、春子さんの存在があったからこそ、僕はまるでいないもののように扱われる生活にも心を壊すことなく、日々を生きていくことができたのだ。

彼女は月が好きだった。

出会った時も砂浜で月を見ていたし、夜の水族館で蒼い月を並んで眺めたりもしたし、うちのベランダからいっしょに月を見たこともあった。僕は彼女が月を見上げている時に見せる柔らかな表情が好きだったし、それはとても綺麗だと思った。

時には、彼女は僕の家に遊びに来た。

春子さんの家にいっしょに行ったことも、一度や二度ではない。

彼女は春子さんにもよく懐いた。柔らかくて甘やかな沈丁花の香りが、自分も好きだと言っていた。

僕と彼女とは……血は繋がっていないけれど、間違いなく〝家族〟だった。

だからあの日も、彼女は僕といっしょに車に乗っていた。

僕らの運命が決定的に変わることになってしまったあの日。

今でも思う。

もしもあの時彼女がそうではない選択をしていたら、僕たちの間には違う結末が待っていたのかと。

間章『追憶』

☾

ほんの、一年前のことだ。

わたしは、水族館にいた。

死神としての仕事を果たすためにだ。

対象者は、人間ではない。イルカだ。人間ではないのに対象〝者〟なのかはいささか疑問だったけれど、それはこの際、脇に置いておこう。

とにかく……わたしが今日ここを訪れた目的は……もう間もなく寿命を迎えるイルカに会い、その未練を叶えるためだった。

動物にだって未練はある。

いや、時には純粋な分だけ、人間のそれよりも遥《はる》かに強い未練を持つ場合がある。

だからこそわたしたちの――死神の出番が必要となるのだけれど。

イルカの水槽は水族館のメインプールのすぐ近くにあった。

見上げるほどの一面の蒼が広がる中を、十頭のイルカたちが泳いでいる。

その水槽の前に――彼は、いた。

「……」

どうしてだろう。

その横顔から目が逸らせなかった。

まるで自分の子どもを見守るようにイルカたちを見つめる、その優しい瞳から。

――もう関わらないって、決めたはずなのに。

だれかと関わっても、空《むな》しいだけだ。

どんなにだれかとの関係を築き上げても、『忘却』されて、時間とともに跡形もなく崩れ去って、その相手の中から消え去ってしまう。

それはまるで、儚《はかな》い泡のようだ。

だったら最初から何も期待しない方がいい。そう決めていたはずなのに。

でも。

気が付いたら、わたしは彼に声をかけていた。

「イルカ、好きなのかな？」

「……」

最初、突然話しかけてきたわたしを彼は怪訝な目で見ていた。

だけど同じ学校の制服を着ているわたしの姿に警戒心を解いてくれたのか、やがて小さな声でだけどこう答えてくれた。

「……イルカは好きだよ。それにこの二頭は、特別だから」

「特別？」

「うん。この二頭──エルとドラドっていうんだけど、僕が名前を付けたんだ。もうかなり前のことだけど」

四年前に水族館が名付け親を公募していて、それに応募したところ採用されることになったのだと、彼は説明してくれた。

その言葉を裏付けるように、彼が呼びかけるとイルカ──エルは嬉しそうに水槽の端へと寄ってきた。ガラス越しにも小さく鳴いているのが聞こえる。イルカは頭のいい動物だ。人間の言葉もある程度は理解することができるのだという。

胸が少しだけ痛んだ。

だって……このエルは、もう死ぬのだ。

死んで、『忘却』される運命なのだ。

だけどそのことを伝えるわけにもいかず、わたしはまったく別のことを口にしていた。

「そうなんだ。じゃあきみはこの子たちの名付け親なんだね」

だからそうやってそんな風に優しい顔で見てたんだ？　と付け加えると、彼は少し複雑そうな顔をした。

「……うん、それもあるよ。だけどそれだけじゃないんだ」

「？」

「分からないけど……こうやってエルたちを見ていると、何だか胸に空いた穴が少しだけ埋まるような気がするんだ」

「胸に空いた穴？」

「うん。四年前から欠けたまま、埋まらない空洞みたいなもの。どうしてかは分からないんだけど……」

なくしてしまった何かをかき抱くようにそっと胸に手を当てる。

そんな彼を見て、水槽の中のエルは小さく鳴いた。

まるで、そんな彼を気遣うかのように。

それを見て……わたしにはエルの未練が何であるか分かったような気がした。

わたしが、死神がここに来ることになった理由。

彼を一人にしたくない。

大きな喪失を抱えたままの彼を、そのままにはしておけない。

動物は、本能的な、第六感的な部分が人間よりも優れている。

だからこそ分かってしまっているのだろう。彼が、この先の未来で遠からず一人になってしまうことが。それゆえの、この未練なのだ。

「……」

果たしてわたしにそれを叶えることができるだろうか。

喪う定めの彼に、何かを遺《のこ》すことができるだろうか。

い、い、い、い、い、い、い、い、い、い。

たとえそのための唯一の手段を知っているとしても。

「……」

でも。

もうこの時から、わたしの心は決まっていたのかもしれない。

残酷な選択をすることを、決意してしまっていたのかもしれない。

だってエルたちを見る時に見せた彼の優しい表情に……わたしは、二度目の恋に落ちてしまっていたから。

だからわたしは決めた。

その時が来たら、彼に全てを託そう。

何もかもを話して、想いと思い出とを未来へと繋ぐ選択肢を彼に提示しよう。

それがどんなに、身勝手でワガママなものであっても。

「──あのね、驚かないで聞いてほしいんだ」

気が付けば、わたしはこう口にしていた。

「?」

「わたしはね……」

その先を告げることを一瞬だけ躊躇《ためら》う。

今これを告げることにあまり意味はない。それはきっとエルの『忘却』に包括されて霧散してしまうものであるから。

それでもわたしは少しだけ緊張して、彼に向かってこう言った。

「わたしは……死神なの」

きっとこの時のことを、彼は覚えていない。

この時から、わたしの見た目はだいぶ変わった。それまで人との関わりを避けていたことから、できるだけ目立たない外見でいようと心がけていたから。それにエルが死んで……『忘却』されるのに伴って、わたしと交わした会話は曖昧になり、ただだれかとイルカのことを話したという事実しか残らないはずだ。

だけど、変わろうと思った。

できる限りのことはして、少しでも綺麗に彼の中に残ろうと思った。

わたしのその時のために。

——彼と二度目の再会を果たす時のために。

――そして、その時はやって来た。

第四話『忘れられた死神と、二度目の初恋』

0

何を言われたのか分からなかった。

言葉としては聞き取れているはずなのに、その意味が理解できない。頭がその音を受け入れることを拒否している。目の前にいるよく知った彼女の顔が、知らない他人のもののように見えた。

「……何を……言って……」

世界がグルグルと回っていた。

足が震え、その場に立っていることさえ覚束《おぼつか》ない。

あちこちから木霊する蟬《せみ》の声だけが、やけに五月蠅《うるさ》く耳の奥に響く。

耐えられずにヒザに手をついた僕に向かって、茅野さんは申し訳なさそうな顔をしながら、もう一度言った。

「……ごめんね、何だか不意打ちみたいな形になっちゃって。でも、もうあんまり時間がないみたいなの。だからこれ以上は引き延ばせなくって……」

引き延ばす。

引き延ばすって、何をだ……？

「――れは」

「？　うん？」

「――それは……どういうこと……？」

喉の奥から声を絞り出す。

そんなことは……問うまでもない。頭の奥では、茅野さんが何を言っているのか理解している。これから何が起こるのか分かっている。だけど分かっていてもどうしても、彼女の口から確認するまではそれを受け入れることはできなかった。

そのことは彼女も分かってくれているのだろう。深く息を吐くと、再び口を開いた。

「うん、だからね」

そこで一度言葉を切ると、茅野さんは真っ直ぐに僕の目を見た。

どこまでも澄んだ琥珀《こはく》色の瞳に、不安に歪《ゆが》んだ僕の顔が映る。

そして淡々と事実を告げるように、こう言った。

「――わたしは、もうすぐ死ぬの。死んで……世界から『忘却』される。だからその前に、死神として望月くんに、未練を解消する手伝いをしてほしいんだよ」

1

辺りから音が消えていた。

まるで、音のない水の中にいるみたいだった。

さっきまで鼓膜を覆い尽くしていた蟬の声すらも、まるで一斉に死に絶えてしまったかのようにもう僕の耳には入らない。

茅野さんが告げた言葉。

それの意味をようやく咀嚼《そしゃく》することはできていたけれど、それでもまだ意識が受け入れることを拒んでいた。

茅野さんが、死ぬ。

死んで……この世界から『忘却』される。

そんなこと、どうして認められるだろうか。どうして受け入れることができるだろうか。聞きたくない、信じたくない、何も考えたくない――

どれくらいの時間、そうしていただろう。

気付けば太陽は頭上に差しかかり、額からは玉のような汗がにじみ出ていた。全身が水を浴びたかのようにぐっしょりで、シャツが背中に張り付いている。

僕はカラカラに渇いた喉から、何とか次の言葉を紡ぎ出した。

「本当……なの……？」

「んー？」

「茅野さんが……死んで、『忘却』されてしまうのは……」

この期に及んでも、僕は少しだけ期待していたのかもしれない。目の前の茅野さんが、いつものようにからかうような顔で「なーんちゃって、冗談冗談。あせった？ふふー、そんな望月くんの顔が見られただけでも一芝居打った甲斐《かい》があったというのだよ！」と言ってくれるのを待っていたのかもしれない。

だけど望んだ答えはいつまで経っても返ってこなかった。

代わりに耳に響いたのは、彼女のものとは思えないほどの悲しそうな声。

「……ごめんね」

一言、彼女はそう言った。

それが何に対して向けられたものなのかは、分からなかった。

「……」

もう、受け入れざるを得なかった。

茅野さんは死んで……この世界から『忘却』される。

それは僕が耳をふさごうとも声を上げて拒絶しようとも、揺るがすことのできない事実なのだ。

だったら——

「……分かった、よ」

「え？」

「茅野さんがそう望むっていうのなら、未練を解消する助けになる。最期まで茅野さんの傍で、茅野さんの望むことを手伝うよ」

「望月くん……」

事実が動かせないのならば、その事実に感情を合わせるしかない。たとえ無理やりにでも何でもそのことを呑《の》み込《こ》んで、彼女の望みを達成するために最適な選択をするしかない。

それが……僕にできる、唯一のことだ。

その言葉に、茅野さんは僕の手をぎゅっと握りしめてこう口にした。

「ありがとう……！　望月くんがそう言ってくれるだろうってことは、五年前から知ってたよ……！」

それはどこかで聞いた言葉だった。


「やりたいことはね、三つあるんだ」

茅野さんは律儀に指を三本立ててそう言った。

「未練っていうのか、死ぬまでにこれはやっとかないと後悔するぞーってことが、三つ。それを達成するのを、望月くんに手伝ってほしいのだよ」

三つ。

今までの対象者の未練はだいたい一つだったから、それから考えればこの願いは規格外だといえる。とはいえそういった普通の枠に収まらないところは何とも茅野さんらしい。だからそのことはあまり気にならなかった。

それよりも、一つだけ確認しておきたいことがあった。

「あのさ、茅野さん」

「うん？」

「僕で……いいの？」

最期の時を共に過ごす相手。

それが本当に、僕でいいのか。担当していた対象者の未練のために死神に選ばれたことから、たまたまその時に隣にいるだけの、僕なんかでいいのか。

だけど茅野さんは、首を振った。

「違うよ、望月くんでいいんじゃない」

「望、望月くんがいいの」

それは何の迷いもない、キッパリとした口調だった。

「望月くんで、じゃない……望月くんがいい。望月くんじゃないと、嫌だ」

再びそう口にする。

まるで三段活用だ。そんな場にそぐわないことを何となく思ってしまった。

だけどそれを聞いて、僕の覚悟は決まった。

「分かった。それじゃあ僕は何をすればいい？」

「お、話が早くて助かるよ。さすが望月くん」

そう言うと、茅野さんは「にひひ」と笑った。その向日葵みたいな笑い顔は、もうすっかりいつもの彼女のものに戻っていた。

「それじゃあさっそく、一つめの未練を発表するね。じゃじゃーん！」

芝居がかった効果音とともに、茅野さんが未練の内容を口にする。

その内容は、予想外のものだった。


「わたしと――デートしよう？」

2

たとえば記憶というものは、空気みたいなものなのかもしれない。

いつだってそこにあるけれど、意識しなければ気が付かないもの。

あると思っていたらなくなっていたり、ふとした瞬間にその存在の大切さに気付くことがあったり。

だからこそそれは水の中の泡と同じで、唐突にだれかの心を救ってくれるものであり、そして同時にとても儚いものだったのだろうか。

待ち合わせ場所は藤沢駅前だった。

昼下がりの一番暑くなる時間帯である午後十二時五十分。

街並みをただ眺めているだけで目がチカチカとするような真っ白な太陽に照らされながら、僕は茅野さんを待っていた。

「お、待ち合わせより早く来てる。感心感心」

待ち合わせ時間の五分前に、彼女は現れた。

少し大きめの麦わら帽子、真っ白で丈の短いひらひらとしたワンピース、日に焼けることがあるのかと疑われるほどの白い肌。その姿は死神というよりも、夏の妖精とかそういった印象だった。

茅野さんは、僕の視線を受けて、にんまりと笑った。

「ん、どしたの？　わたしの美少女っぷりに、見とれちゃった？」

「いや、何か白いなって」

「うわ、ひどい感想。四十点」

自分でも確かにこの感想はどうかと思った。

とはいえ白いんだからどうしようもない。せめて今の季節が冬か何かで辺りがこんな風に真っ白でなければ違うのに……などと思いながら、茅野さんと並んで歩き出す。

「それにしてもデートって」

「ん？」

「茅野さんがそういう青春っぽいイベントを求めてるとは思わなかった」

何となく、彼女はそういうことをあえて自分からは口に出さないようなイメージがあったから。

僕がそう言うと、茅野さんは大きく頬を膨らませた。

「あー、ひどい、わたしだって十七歳の女の子なんだよ？　そういうことには興味あるし、経験してみたいとも思う。お年頃ってやつだよ」

「そうだけど、今まであんまりそういうことを意識したことがなかったから」

「うわ、望月くんは、わたしのことぜんぜんそういう対象として見てくれてなかったんだ。あんなに長い間いっしょにいたのに。さすがに女子としてそれは少し傷つくかも……」

よよよ、と泣き真似をする。

言われて気付いた。そういえば、不思議とこれまで茅野さんのことをあまり女子として意識したことがなかった。それは彼女に異性としての魅力がないということではなくて、あえて意識するまでもなく彼女は女子としてそこに在り続けているように思えたからかもしれない。

「よーし、そんなひどい望月くんには、罰ゲームだ」

「?」

「これから最期の時までは、わたしのことを恋人だと思うこと。恋人だと思って、優しく大切に壊れ物を扱うように接すること。あ、恋人なんだから名前も茅野さんじゃなくて、花織って呼んでね」

片目をつむりながら、いたずらっぽくそう笑う。

「……。……それ、は」

「えー、何でもしてくれるって言ったよね？　名前で呼んでくれないと未練が解消できないかもしれないなー」

「……」

そんなことを言いながら期待のこもった目でこっちを見上げてくる。

ああ、もう、敵《かな》わない。

「……り……」

「ん？　聞こえないよ？」

「…………かお、り」

「ん？　ん？　もう一押し」

「……花織」

僕のその蚊の鳴くような声に、茅野さんは、「うんっ」とうなずいて満足そうに満面の笑みを浮かべた。それは本当に花を織りなしたような、見ているこっちがまぶしくなるような笑顔だった。


デートの定番といえば、ショッピングと映画だ。

茅野さんの要望で、僕たちはまずは駅からバスに乗って少し行ったところにあるショッピングモールへと向かい、ウインドウショッピングをすることにする。

「あ、これかわいい」

彼女が足を止めたのは雑貨屋だった。

華やかな雰囲気で、いかにも女子受けしそうなカラフルでかわいらしいアクセサリーや小物などがたくさん並んでいる。実際、僕ら以外のお客さんは全て女子だった。

「これ絶対望月くんに似合いそう」

「……本気でそう思ってるなら、視力検査した方がいいと思う」

「えー、だって猫耳の帽子だよ？　猫みたいに気まぐれで薄情な望月くんには絶対似合うに決まってるって」

「……今サラリと悪口を言ったよね？」

「へーんだ。人のことを女子扱いしてくれない朴念仁にはそれくらいでちょうどいいんだよ」

片目をつむって「べー」と舌を出してくる。

そんないつものやり取りをしていると、背後から笑い声が聞こえてきた。

振り返ってみると、若い女性の店員さんがにこやかな笑みを浮かべてこっちを見ていた。

「いらっしゃいませ、かわいい彼女さんですね」

「え？」

その言葉に一瞬動きが止まってしまった。

彼女さん。それが隣にいる茅野さんのことを指しているのは間違いない。傍からはそういう風に見えるのだろうか。

それを聞いた茅野さんが、どうしてかものすごく嬉しそうに返事をした。

「そうなんです、かわいい彼女さんなんですよー」

「え、いや違う――」

「未練、解消しないかもしれないなー」

「……そうなんです」

いいかげんその脅迫の仕方はずるいと思う。

そんな僕たちを見て、店員さんは再度微笑んだ。

「いいですね、仲良しで。そんなお二人には、これとかお勧めですよ？」

そう言って店員さんが差し出してきたのは、ネックレスだった。

アクリル製のかわいらしい作りで、二匹の黄色い魚が身を寄せ合うようにしたヘッドが付いている。

これは――

「チョウチョウウオ、ですよね？」

「あれ、お客さん、詳しいですね。その通りです」

店員さんが、驚いたように僕の顔を見る。

「チョウチョウウオはつがいの仲が良くて、一度相手を決めたら生涯それを変えることなくいっしょにいると言われているんです。だからお客さんたちみたいに仲良しのお二人には、お似合いかなと思いまして」

その話は知っていた。

チョウチョウウオは単独で行動することが多い魚なのだけれど、一度伴侶を決めると生涯添い遂げるのだという。水族館などでも、二匹のチョウチョウウオが寄り添い合っている光景を何度か見たことがあった。

ふと隣を見ると、茅野さんが何か物言いたげな目でジーっとこっちを見ていた。言いたげというか、「買ってくれないと未練が……」と実際に小さく口に出してつぶやいていた。ああもう、しょうがない。

「……すみません、これください」

「へへー、やった」

茅野さんが欲しがっていたオモチャを買ってもらった子どもみたいに笑う。

店員さんは包むかどうか訊いてきたけれど、茅野さんはそのまま着けていくことに決めたみたいだった。

「ふふふ、望月くんとおそろいだー」

首もとに光るチョウチョウウオに触れながら、茅野さんは嬉しそうにずっとそんなことを口にしていた。


一時間ほどウインドウショッピングを堪能《たんのう》した後に、映画館に向かうことにした。

モールからは少し離れたところにある映画館で、定番中の定番とも言えるラブストーリーを見た。難病の彼女と男がいて、男が彼女の望みを実現するためにやりたいことリストを実行していくという、百回は見たことがある内容だ。

「やっぱりね、最後は彼女は亡くなったんだと思うんだ。望月くんはどう思う?」

「そこはぼかす感じだったよね。どっちとも取れるような。だったら僕は、生きている方に一票入れるよ。その方が救いがある」

「おお、意外とロマンチストだ」

「意外とは余計だって」

映画を見終わった後に入った喫茶店でそんな感想を言い合う。

「ほら、だって、物語の中くらいでは、トゥルーエンドよりもハッピーエンドがいいからさ」

「あはは、やっぱり意外な隠れロマンチストだ」

「だから……」

「……でもそうだね、確かに結末が見る人の判断に委ねられているなら、物語くらいはそう思った方が健全なのかもしれないね」

「茅野さん……」

「花織」

すぐさま訂正が入る。厳しい。

「花織は……バッドエンドの方が好みなの？」

「うーん、どうかな。モノによるかも。現実は、圧倒的にハッピーエンドの方が好きだけどね」

そう言って茅野さんは笑った。それはいつもよりも少しだけ控えめな笑顔だった。

その後に、何となく流れでカラオケボックスへと入った。

「んー、カラオケもひさしぶりだなー。よし、喉が潰れるまで歌うぞー、望月くんが！」

「また僕かよ！」

「だって望月くんの歌、聞いてみたいんだもん」

「そんな期待されても大してうまくは歌えないよ」

「そこはいいんだって。別に音痴でも殺人超音波でもいいんだよ。望月くんの歌が聞ければ」

「そうなの?」

「そうだよ。デートって、そういうもんでしょ?」

そう言うと茅野さんは楽しげに笑った。その通りすぎて、僕は何も反論できなかった。

結局、僕の喉が潰れるまで歌うと言いながら、マイクはほとんど茅野さんが握ったままだった。茅野さんは歌がかなりうまく、しかもそのジャンルもアイドルから演歌などまで幅広かった。僕はというと適当に流行《はや》りのポップスを歌ってお茶を濁すのが精一杯だった。

「ふふ、楽しいな。やっぱりカラオケって、何を歌うかじゃないんだよね。だれと歌うか、なんだよ。その点では望月くんは百点満点かな」

本当に楽しそうにそう口にする。

その横顔を見ながら、確かにデートというのはこういうものなのかもしれないなと、何となく思った。

「はー、遊んだ遊んだ、満足！」

そう声を上げて、茅野さんがうーんと身体を伸ばす。

映画館を出る頃には太陽は西に傾き始め、歩いているだけで汗が噴き出してくるほどだった日差しも少しだけ柔らかなものになっていた。辺りに響く蟬の声も、アブラゼミやミンミンゼミからヒグラシやツクツクボウシへと主役が交代している。

昼と夕方との境界線の間で、茅野さんの真っ白なワンピースにはオレンジの差し色が入っていた。

「これからどうする？」

僕は訊いた。

「まだそんなに遅い時間でもないし、ご飯とかに行くのもいいと思うけど」

「んー、それもいいんだけどね」

僕の言葉に、茅野さんは首を横に振った。

「？　何か用事でもあるの。もう帰る？」

「ううん、そうじゃなくてさ」

そう口にして、茅野さんは一歩前に出た。

両手を背中に回して、空を仰ぐ。

その顔には、何かしらの決意のようなものが見えた。

「あのさ、望月くん、まだ時間はだいじょうぶ？」

「え？　うん、平気だよ。特にやることもないし」

「そっか。だったらもう少しだけ、付き合ってもらえないかな」

「いいけど、どこに？」

僕がそう尋ねると、彼女は小さく笑ってこう言った。

「行きたい場所があるんだよ。——これが二つめの未練かな」

3

彼女に連れられてやって来たのは、あまり予想していなかった場所だった。

片瀬江ノ島駅から少し歩いたところにある水族館。

サチちゃんと出会った……水族館だ。

ここを訪れるのは、サチちゃんとイルカショーにやって来たあの日以来だった。

ふと、その時の思い出がよみがえる。素直で明るく少しだけ甘えたがりだった、小さな女の子。もうだれの記憶にも残っていない彼女のことを、僕と茅野さんだけは確かに覚えている。彼女のよく変わる表情を、笑顔を、最期の言葉を。この世界で僕たちだけが。そう思うと、胸の奥がきゅっと締めつけられるような心地がした。

「ここに入るの？」

どうやらそのつもりらしいけれど、今日は確か施設点検のための休館日のはずだ。その旨の掲示もされている。

するとは茅野さんはこう答えた。

「あ、だいじょうぶ、話はついてるから。入れるよ」

「え？」

「ほら、こっち」

茅野さんに促されて、少しだけ開いていた入り口から中へと入る。そういえば彼女とはじめて会った長谷寺も、こんな風に拝観時間後に中に入ることができた。死神には何か時間外の施設に入ることができるコネでもあるのだろうか。

休館日の水族館は、いつもの見慣れたそれとは雰囲気が違った。

当たり前だけど館内には僕たち以外にだれもいない。静まり返った空間の中でポンプの音だけが重く響いていて、観賞用の照明が落とされて薄暗くなった通路の両脇には水槽が淡く浮かび上がっている。

「静かだねー、水族館って人がいないと、こんなに静かなんだ」

「そうだね。まるで海の底にいるみたいだ」

ただでさえ水族館は深海みたいな感じがする。ましてやこんな風に人がいなくて照明が落とされていたら、なおさらだ。

「おお、望月くんは詩人だねぇ。わたしは監獄みたいだと思ったよ」

「それは世俗的すぎじゃ……」

「えー、だってそう思ったんだもーん」

そんなやり取りをしながら進んでいく。彼女はいったい僕をどこに連れていこうとしているのだろうか。

だけどその疑問は、それからすぐに解消された。

「――着いた、ここだよ」

辿り着いた、先。

そこで僕は思わず声を上げてしまった。

「あ……」

そこは……イルカショーが行われた、メインプールだった。

二ヶ月前にも訪れて、サチちゃんとイルカショーを観賞した場所。

だけど今は見える景色がぜんぜん違った。

時間と、そして人がいないというだけで、同じ風景からここまで異なる印象を受けるものなのだろうか。

天井のないスタジアムの向こうには抜けるような空が広がっていて、そのさらに先では遠く江の島に隠れるようにして日が落ちかけている。世界は夕と夜の狭間《はざま》にたゆたい、オレンジ、黄色、朱、蒼、紫、黒などの入り混じった何とも形容しがたい色が、辺りをまるで一枚の絵画のように美しく染め上げている。

まるで、現実ではないかのような景色。

それはとても幻想的で、どこか胸がざわつく光景だった。

「ほら、望月くんもこっちにおいでよ」

夢の中のような光景を背景にして、いつの間にか靴を脱いでいた茅野さんが、素足で水と遊んでいた。ちゃぷちゃぷとプールの水が宙に舞い、その飛沫《しぶき》に様々な色が反射した。

どうしてだろう。

さっきから、何かがおかしかった。

「……」

僕はこの光景を目にするのははじめてのはずだ。

閉館しているだれもいない水族館に訪れたことなんて、ないはずだ。

だけどどうしてか、この光景は不思議なデジャヴとともに僕の心を大きく波立たせる。この光景を、僕はいつか見たことがある……？

「……もうそろそろだと思うんだ」

茅野さんがぽつりと言った。

「え？」

「だって、夕奈さんは言ってた。死神は、『忘却』した相手が死ぬ一週間前になれば、その相手との思い出を取り戻す。喪われた宝物が再び輝きだすって。だから……」

「……？」

茅野さんが何を言っているのか分からない。

だけど何か決定的なことが起ころうとしている。そんな予感が僕の中にはあった。

「……あのね、本当は望月くんと会ったのって、あの長谷寺がはじめてじゃないの」

「え？」

茅野さんが、僕に背を向けながらそう言った。

「望月くんは覚えていないかもしれないけど……一年前に、ここでわたしは望月くんと再会してるんだよ」

「再、会……？」

「そう。ここのイルカの水槽の前で」

その言葉が呼び水だったのだろうか。

それまで空白だった記憶の片隅に、何かが浮かび上がってきた。それはまるで、印画紙に写真が浮かび上がってくるかのようにジワリジワリと、でも確実に何かを形作ってくる。

イルカの水槽。

前髪の長い眼鏡の少女。

同じ学校の制服。

——そうだ、僕はここに、一年前も訪れている。

訪れたこの場所で一人の女子と会って、少しだけ会話を交わした。だけどその内容がどんなものであったのかが、曖昧としていてはっきりしない。だけどその記憶は間もなく鮮明な姿を現す。そんな強い確信があった。

☆

「イルカ、好きなのかな？」

彼女は、そう尋ねてきた。

見たことのない顔だった。前髪が長くて眼鏡をかけていることから顔立ちはよく見えなかったけれど、たぶん知らない相手だと思う。同じ高校の制服を着ていることから、きっとたまたま声をかけてきたんだろう。ややためらってから、僕は答えた。

「……イルカは好きだよ。それにこの二頭は、特別だから」

「特別？」

「うん。この二頭——エルとドラドっていうんだけど、僕が名前を付けたんだ。もうかなり前のことだけど」

　確か四年ほど前に水族館が名付け親を公募していて、それに応募したところ運良く採用されることになったのだ。その時以来、イルカショーには頻繁に訪れている。

「そうなんだ。じゃあきみはこの子たちの名付け親なんだね」

　だからそんな風に優しい顔で見てたんだ？　と彼女はどこか寂しそうにそう付け加えた。

「……うん、それもあるよ。だけどそれだけじゃないんだ」

「？」

　どうしてだろう。

　人に言うようなことじゃないのに、彼女には話したくなってしまった。

「分からないけど……こうやってエルたちを見ていると、何だか胸に空いた穴が少しだけ埋まるような気がするんだ」

「胸に空いた穴？」

「うん。四年前から欠けたまま、埋まらない空洞みたいなもの。どうしてかは分からないんだけど……」

　そう、いつからか僕の心には、ぽっかりと空いてしまった大きな何かがあった。

四年前……ちょうど両親を亡くした事故以来、ずっとこの喪失感は僕の心につきまとっている。その原因が両親の死ではないことは明らかだった。両親は僕に愛情を持っていなかったし、僕はもうそのことについては諦めていた。だから両親が死んだと聞かされた時も、特別な感情は湧き上がってこなかった。ああ、そうなんだな、とただ事実を頭の中で確認するだけだった。

だからこの空洞が何であるのか、いまだに分からない。

「……そっか。そう、なんだ……」

彼女はどこか遠くを見るような目でそう言った。

どうして彼女はこんな顔をするんだろう。

まるで、僕が抱えるその空洞が何であるのかを知っているような……

瞬きをする僕に、彼女はこう続けた。

「――あのね、驚かないで聞いてほしいんだ」

「？」

「わたしはね……」

一度そこで口ごもる。

何かをためらうような様子。

だけどすぐに彼女は僕の目を見て、そうだ、確かに彼女はこう言ったのだ。

「わたしは……死神なの」

4

ちょうど一年前のことだった。

それまでそこにあったはずなのに見えなかった記憶が、空気に色が付いたみたいに浮かび上がってきた。

死神だと名乗った彼女。

もうすぐ亡くなるエルの、その未練を解消するためにやって来たのだと言った。

その言葉には半信半疑だったけれど、結果として行動をともにして、いっしょにエルの最期を看取ることとなった。

そうか、エルが死んで、『忘却』されて、それで僕は彼女に話しかけられたこと以外は全て忘れて……

じゃあ、あの時にいたのが、茅野さんなのか……？

彼女の顔を見る。

茅野さんは黙って、小さくうなずいた。

「そうだよ。あの時に望月くんに話しかけたのは、わたし。今とは髪型とか、雰囲気とかがだいぶ違ったから、分からないかもしれないけど……」

確かに見た目はだいぶあの時とは変わっている。

だけど今目の前にいる茅野さんは、あの時の彼女なのだと、よみがえった記憶が確かにそう告げていた。

それじゃあ僕は本当に、一年前にこの場所で茅野さんと出会っていたのか。

出会っていて、僅かな期間であっても会話を交わして、ともにエルのことを見送っていた。

だからなのだろうか。

これまで感じていた茅野さんに対する妙な親近感。

だから彼女といると、何だか昔から知っている相手が隣にいるような不思議な感覚に襲われることがあったのか……

「ううん、違うよ」

「え？」

茅野さんは、きっぱりとそう言い切った。

「確かに一年前にわたしたちはここで会った。会って、交流を持った。だけど、それはわたしたちの出会いじゃない。それはわたしたちの再会なんだよ」

「再会……」

「死神にはね、一つだけ権利が与えられるの」

茅野さんがそう口にした。

「それは他のだれにもない、唯一の権利。……死神なんて、心を削るしんどい仕事だからね。きっと神様もそれくらいの見返りがないと、だれも死神なんてやりたがらないと思ったんじゃないかな」

そう言うと、茅野さんは空を仰いだ。

いつしか日は西の海に完全に沈んでいて、その視線の先には怖いくらいに蒼く輝く月が昇っていた。

ブルームーン。

その月がそう呼ばれていることを、僕は知っている。

「自分以外の死神を、一人だけ選ぶ権利」

　それが死神に与えられた権利だよと、蒼い光に照らされて、彼女は短くそう口にした。

「選ぶ……っていうのは正確にいえば違うかな。この人はって思った相手に、死神になるかどうかを問うことができる。それで相手が承諾をすれば、その人を死神に任命することができる。そんな権利。だから死神には二種類あって、わたしとか夕奈さんみたいに世界から選ばれたのは甲種、望月くんみたいに死神のだれかから選ばれたのは乙種って呼ばれてるらしいんだけど、ま、それはどうでもいいよね」

　小さく首を横に振る。肩にかかった髪の毛がサラサラと揺れた。

「わたしはその権利を使って、望月くんに死神にならないか打診したの。そうして、望月くんに死神になってもらったの」

「どうして、そんなこと……？」

「簡単だよ。だって死神になれば、その人に自分のことを覚えていてもらえる。前に言ったよね。『忘却』される人にとって、それは喉から手が出るくらい欲しいものじゃないのかな」

それはその通りだった。

僕の知る限りで春子さんが求めた未練もそうだし、他にも何人か同じことを望んだ人たちはいた。もっとも、夕奈さんのようにあえてそれを選ばない人もいたけれど……

だけど思い出を受け継いでもらうことが、多くの『忘却』される者にとっての最大の本望であることは間違いない。たぶん、たぶんだけれど……もしも僕も、死んで、『忘却』されるのだとしたら、最終的に最も望むことはやはり大切なだれかの心に残り続けることだと思う。

「だから茅野さんは、僕を死神に選んだ……？」

茅野さんは小さくうなずいた。

「……ずるいよね。そのために、わたしは春子さんの願いを利用した。あなたを想う彼女の思い出を人質にした。そんなの、許されることじゃないのに……」

ずるいなんて、そんなことはない。

それはきっと『忘却』されるべき者がだれしも抱く感情であって、これ以上ないくらいに自然なものだ。

言いかけた僕に、茅野さんが首を振る。

「……それに、わたしが望んだのはそれだけじゃない」

「え……？」

そこで茅野さんは一度言葉を止めた。

小さく顔を上げて、空に浮かぶ蒼い月に再び視線を送る。

やがて何かを吐き出すように、こう口にした。

「望月くんには……喪った思い出を取り戻してほしかったから」

「喪った……？」

「そう。一年前にここで再会した思い出じゃない。あれは、確かにあれのおかげでわたしは二度目の初恋に落ちたけど、それでもおまけみたいなものだから。そうじゃなくて、わたしは、望月くんの中にあるもっと古い思い出を取り戻してほしかったの」

「古い、思い出……」

その言葉に、何かが繋がったような気がした。

そうだ。

どうして僕は今までこの可能性に思い至らなかったのか。

世界から『忘却』されてしまう存在。

その『死』とともに、全ての人たちの記憶から消えてしまう存在。

もしも僕に……かつてそんな存在がいたとしたら。

死神になる前に――『忘却』した者を覚えていられる唯一の存在になる前に、『忘却』してしまっていた相手がいたとしたら。

何かが記憶の底から湧き上がってくる。

降り注ぐ蒼い光に晒《さら》されて、『忘却』の深淵《しんえん》から光り輝く思い出の宝石がその姿を鮮明なものにしてくる。

――蒼い月が輝く夜には、奇跡が起こる。

そう言ったのも、確かに彼女だった。

顔を上げた僕に、茅野さんはこう言った。

「ねえ、望月くん、キスしよっか？」

「え……？」

「蒼い月の下で将来を誓い合った二人は、奇跡に祝福されて永遠に結ばれるんだよ」

僕の返事を待たずに、茅野さんはそっと寄り添ってきた。

そのまま背伸びをして、柔らかくほんのりと温かな彼女の唇が触れる。

「あ……」

心の中の欠けていた何かが、まるで中空に浮かぶ月のように満たされていくのを感じた。

『忘却』の海に沈められていたかけがえのない宝物が、泡のように次々と浮かび上がってくる。

蒼い月の下で出会った少女。

話をして、お互いの心を通じ合わせて、〝家族〟になった。

夜の水族館で、二人並んでブルームーンを見上げた。約束をした。

重なり合ったシルエット。

同じ時間を過ごした日々。

そしてあの日……いっしょに車に乗っていた彼女。

そうだ、僕はこの少女を、もっとずっとずっと前から知っている。

「——月子……なの、か？」

まるで呼吸をするように、自然にその名前が口から出た。

かつて何度も呼んだ大切な名前。

蒼い月の下で約束をして、心を許し合った数少ない相手。

そのかけがえのない存在が、目の前にいた。

全てを取り戻した僕に、茅野さんは——月子は、目に涙を浮かべながら柔らかに微笑んだ。

「やっと……再会できたね。五年ぶりだよ、章くん」

☆

僕がその女の子——月子とはじめて出会ったのは、小学生の時だった。

確か、夜の砂浜で一人散歩をしていた時だ。

どうしても家にいたくなかった。

父親も母親もいない抜け殻のような家は、時折ひどく空虚だった。静まり返った中に響く電化製品のジジジ……という音が耳について眠れなくなった。そんな時はよく春子さんの家に行っていたのだけれど、その日はあいにく春子さんは出かけていてそれも叶わなかった。

だから一人で出かけた。

夜のだれもいない砂浜を歩いていると、波立っていた心が不思議と少しだけ落ち着くような気がした。空を埋め尽くすような星々と蒼い光をたたえる月。間断なく響いてくる波の音が心地好かった。

どれくらいそうしていただろう。

ふと、視界の隅にだれかがいることに気が付いた。

最初は幽霊かと思った。

真っ白なワンピースに真っ白な肌で、夜の闇の中に淡く浮かび上がっていた。

だけどよく見ると、それは女の子だった。

それも僕と同じくらいの年頃の。

蒼白《あおじろ》い月の光に照らされて、まるで糸が切れてしまったかのようにただ呆然《ぼうぜん》と空を眺めている。その頬には、一筋の涙が伝っていた。泣いているようだった。

どうしてか気になった。

たぶん、放っておいた方がいいということが頭では分かっている。

だけどどうしても気になって、話しかけてしまった。

「ねえ、何をしているの？」

「え……」

彼女は話しかけられたことにびっくりしているみたいだった。

ビー玉みたいに大きな目をぱちぱちとさせて、訝しげに僕を見ていた。

「？　泣いてるの。何か……あったの？」

「別に……」

「こんな時間にこんなところで一人でいて大丈夫なの？」

聞いてみると、彼女は近所にある児童養護施設に住んでいる女の子だった。

どうしようもない悲しいことがあって、その気持ちを紛らわすために抜け出してきたのだという。

「お母さんが、死んだの」

彼女は短くそう言った。

「生まれてすぐに捨てられて、一度も会ったことのないお母さん。別に愛着なんてないはずなのに、悲しくなんてないはずなのに、そう聞かされたら、どんな顔をしていいか分からなくなった。だから月を見に来たの。昔から、月を見ていると何だか心が落ち着いたから……」

「そう、なんだ……」

その言葉に胸を打たれたのは、母親に対するどこか矛盾した気持ちというものが、痛いほど分かったからだろう。

きっと彼女は悔しいのだ。母親が、自分が、ままならない世界が。

僕と同じように。

だから気付いたら、僕はこう口にしていた。

「──〝家族〟になろうよ」

と。

彼女は驚いたような顔で僕を見ていた。

蒼い光を反射して、その瞳がまるで宝石みたいだった。

やがて真っ直ぐに僕の目を見返して、彼女は小さくこううなずいた。

「……うん」

それは僕らの、はじまりだった。

その日から僕たちは〝家族〟となり、時々夜の砂浜で会うようになって、僕たちはどんどんと仲良くなっていった。

彼女の名前は花織といったのだけれど、よく月を見上げていたことから、僕はふざけて彼女のことを月子と呼んでいた。彼女もそれを笑いながらまんざらでもない顔で受け入れてくれていたようだった。

その内に夜の砂浜以外でも会うようになっていったし、時には家にまで呼んだこともあった。両親は相変わらず僕には関心のないままだったけれど、その一方で息子に親しい知り合いができたことを特に咎める様子もなかった。休みの日にはいっしょに車に乗って、春子さんの家に遊びに行ったりすることもあった。

閉館後の水族館に出入りするようになったのも、この頃だ。

水族館の裏手に、当時はメインプールへと繋がる抜け道があった。子どもだけが通れるような小さな穴で、それを抜けて僕たちはよくこっそりと忍びこんでいた。

だれもいない、夜のメインプールが好きだった。

プールの縁に並んで座って、開放された空を見上げて、色々なことを話した。

僕たちはお互いがお互いを必要としていた。互いに心を許し合うことができる、数少ない相手だった。

ブルームーンを見て、誓いを立てたりもした。

〝蒼い月の下で将来を誓い合った二人は、奇跡に祝福されて永遠に結ばれるんだよ〟

幼くて、拙くて、現実味のない約束。

だけどそれはその時の僕たちにとっては大真面目なものであり、今に至るまで影響を及ぼしているものであった。

彼女がいてくれたからこそ僕は生きてこられて、僕がいたからこそ彼女もそうできていたのだと思う。

きっと彼女とのこの時間と、春子さんの存在がなければ、僕は両親からの無関心に耐えられなかったに違いない。

でもその宝石のような時間は、唐突に終わりを迎える。

あの日も、月がやけに蒼い夜だった。

僕たちは……事故に遭った。

いっしょに遊びに行った春子さんの家からの帰り道。

気が付いたら、暗闇の中にいた。

冷たく硬い鉄の塊に挟まれて、僕は身動きが取れなくなっていた。身体中が痛くて息ができなくて、このまま死ぬのかと思った。

そんな中、差し伸べられた手。

彼女は僕を助けてくれた。

文字通り、命を救ってくれた。

だけどその代わりに、取り返しのつかない傷を負ってしまった。

そして僕たちの前に、死神が現れた。

朦朧《もうろう》とした意識の中で、死神は彼女に、彼女が死神の見習いに選ばれたことを告げた。死の運命が決まった彼女は世界によって死神に選ばれたのだと、悲しげな声で。

優しそうな、目元の泣きぼくろが印象的な女性の死神だった。

それが、別れだった。

彼女に関する記憶はそこで途切れる。

『忘却』という名の霧に覆い尽くされたように。

まるで彼女という存在がはじめからなかったかのように。

僕の胸の中に、空洞だけを残して。

5

「世界から選ばれた死神はね、死ぬことが決まっている人間なの」

彼女が――花織が歌うように言った。

「遠くない将来にいずれ死を迎えて、『忘却』されることがもう決まっている人間。前に言ったよね、『忘却』される時期は人によってまちまちで、それこそ死ぬ五分前からはじまることもあれば、十年以上前からはじまることまであるって。死神に選ばれるためには二つ条件があって、一つは『死』とともに『忘却』されることが決まっていること。かつもう一つが早くから死が確定していることなの。だいたい一年以上くらいが目安なのかな？　わたしは五年前のあの事故の時に死ぬことが決定されて、その時点で全ての人から『忘却』されて、死神になった。ううん、わたしだけじゃない。夕奈さんもそうだし、他の甲種の死神たちはみんなそう」

「それって……」

僕の声に、花織はうなずいた。

「――そうだよ。死神になる人間が『忘却』されるんじゃない。『忘却』される人間が、死神に選ばれるんだよ」


ああ、そうか、そうだったのか。

これは最初から、終わっている物語だ。

茅野花織という一人の少女が、僕という相手と出会い〝家族〟となり、『忘却』をされた後に死神となって、そして再び思い出を取り戻した後の僅かな時間を切り取った……エピローグの物語。

「……わたしはもうすぐ死ぬ。死んで、世界から、あらゆる人たちから『忘却』される。だからその前に、思い出してほしかった。死神という重荷を背負わせてしまってでも、章くんにわたしとの時間を取り戻してほしかった。再会したかったんだよ……」

「花織……」

「ごめんね、こんな、わたしのワガママに巻き込んで……」

巻き込んで。花織がその言葉を使うのはこれで二回目だ。

だったら僕が返す言葉も、決まっていた。

「そんなこと、ない」

「え……？」

「巻き込まれたなんて、僕はこれっぽっちも思ってない。だって花織との思い出は、僕の宝物でもある。だったらこれは、僕も背負うべき荷物だ」

「章くん……」

花織によって死神に選ばれたことを、僕は後悔していない。

だってそのおかげで、春子さんとの最期の思い出を作ることができた。その思い出を自分の中に引き継ぐことができた。サチちゃんと出会うことができて、彼女の笑顔を心に留めることができた。自分の過去と向き合うことができた。夕奈さんと知り合って、その想いと覚悟の深さを知ることができた。彼女と共通する花織の過去を知ることができた。

そして何よりも……月子と再会することができた。

そのどれもが、かけがえのない宝物だ。

だから僕は、こう言った。

「思い出を更新しよう」

「え……？」

「月子との五年前の思い出は取り戻した。この三ヶ月間いっしょにいた茅野さんとの思い出もある。だから……後は花織との思い出を、更新するだけだ」

五年前の宝石のような思い出。

この三ヶ月間の、クラスメイト兼死神として過ごした時間。

だったら後は……その両方を共有した花織と、未来への二人だけの宝物を作るだけだ。

「章くん……うんっ、作ろう！　未来の思い出、作りたいよ！」

花織が大きくうなずく。

そうして、僕たちの最後の一週間が始まる——

6

それからは、嵐のような日々だった。

僕たちは、五年の歳月を埋めるかのように色々なことをした。

「うわー、すごい、うちの学校の屋上からでも、星ってこんなに綺麗に見えるものなんだ！」

「本当に、降ってくるみたいだ」

「うんうん。それに月もおっきいよ！　こんなに大きいと、章くんが狼男になっちゃわないかな？　がおーって」

「……ガオー……」

「あはは、狼っていうかチワワみたい」

夜の校舎に忍びこんで、天体観測をした。

花織が、何だか青春っぽいことをしたいと言い出したからだ。

その延長で、僕らの二度目の再会の場となった夜の長谷寺を散策したりもした。

「そういえばあの時、どうして呼び出しの場所を長谷寺にしたの？」

「え、特に意味はないよ？　ただお寺と死神って、何だかアンバランスで面白いなって思って」

「……それだけの理由？」

「うん、それだけの理由」

そんな会話を交わしながら、何だか色々な場所に忍びこんでばかりいる気がすると漏らしたら、「死神は年間フリーパスをもらってるからねー」という答えが返ってきた。何でも死神には、そういった時間外の施設に入っても気付かれにくい特性が与えられているらしい。フリーパスとはまったく言い得て妙な特性だ。

青春イベントを堪能した後は、二人で熱海《あたみ》に旅行に行ったりもした。

「わ、見て見て！　あれが有名な金色夜叉《こんじきやしゃ》の銅像だよ」

「あれがそうなんだ。本当に蹴ってる」

「激しくすると燃えあがる二人だったのかな？　この後、秘宝館にしけこんだとか？」

「しけこむって……」

どうしてかというと……春子さんが、僕たち二人のために旅行券を残してくれていたのだ。それも「花織ちゃんといっしょに楽しんできてね」という手紙付きで。春子さんの遺品を整理していてたまたまそれを見つけた時に僕は驚いたけれど、花織はそうでもないみたいだった。春子さんは、亡くなる間際になって花織のことを思い出していたというから。『忘却』に近づく者には、まれにそういうことがあるらしい。

「ねえねえ、さっき、お土産屋さんでご夫婦ですか？　って訊かれちゃったんだよねー。何ていうか、もうカップルを通り越して長年連れ添ったチョウチョウウオの風格みたいな？」

「それ、単に老けて見えたってことなんじゃ……？」

「えー、だったら章くんが悪いんだよ。老木みたいな雰囲気出してるから」

「老木……」

そんないつものやり取りすらも、楽しかった。

旅行から戻ってきて、イルカショーを見に行った。

「お、ドラドががんばってる！　いけー、ぶっころせー！」

「イルカショーってそういう趣旨じゃないんだけど」

「え？　じゃあかっとばせー！　とか？」

「……」

「それにしてもエルとドラドって、すっごく章くんらしいセンスだよね」

「単純ってこと？」

「ううん、ロマンティックだってこと。実は章くんのそういうとこ、大好きだよ」

「……」

「ん、どしたの？」

「……あんまりにストレートに褒められたから、照れた」

「にひひ、いつかの仕返しだよ」

　そしてイルカショーを見る多くの観客の中に……サチちゃんの母親の姿があった。

その腕の中にはあのイルカのぬいぐるみが収まっているのが見えて、少しだけ気持ちが楽になった。彼女はサチちゃんのことは『忘却』したままだ。それは間違いない。

だけどサチちゃんの想いは、何らかのカタチできっと残っているのだと、確信することができた。それだけで、何かが救われたような気がした。

　嬉しいサプライズがあった。

　夕奈さんが、自分の未練を解消してくれたお礼にと、フォトウェディングの予約を僕たちにもプレゼントしてくれていたのだ。〝幸せのお裾分け〟とは、このことだった。

「ね、ね、この写真、クラスに拡散してもいい？」

「ダメに決まってる……」

「えー、何でー？」

「僕が他の男子に殺される。花織、人気あるんだから」

「え、そうなのそうなの？　知らなかった。じゃあ章くん、わたしのために死んで」

「死神が言うとシャレにならない……」

　僕たちは、息をつく暇もないくらいの勢いで、遊び回った。

朝から夜までずっと同じ時間を過ごして、数え切れないほどの馬鹿なことをして、そして喉が枯れるまで喋り続けて……一つまた一つと新しい思い出を更新した。

「ねえ、章くん」

「ん？」

「わたしね……章くんと出会えて〝家族〟になって、再会できて、同じ時間を思い出で埋め尽くすことができて、幸せだったよ」

花織が心から満足したようにそう言った。

それはどこまでも透明で、煌《きら》めく向日葵のような笑顔だった。


そして……いよいよ、その日がやってくる。

☾

その日が迫っていた。

わたしが世界から消えて、世界から『忘却』される、その日。

だけど怖くはなかった。

不思議と、『死』に対する恐れはそこまでではなかった。

本当に怖いのは死ぬことじゃない。『忘却』されて、だれの心からも、彼の心からも消えてしまうことだ。

一つだけ……彼に話していないことがあった。

五年前に、わたしがした選択。

それを言ってしまえば……優しい彼は気にしてしまうから。

きっと彼の心に、余計なしこりを残してしまうから。

今でもあの時のことを思い出す。

運命というものがあるのなら、何と残酷なものだろう。

運命はその『死』の天秤に、わたしたち二人の命をかけたのだ。

わたしの答えは、最初から一つだった。

迷うべくもなかった。

たとえもう一度同じ機会が与えられたとしても、わたしはやっぱりためらうことなく同じ選択をするだろう。

だって、彼は〝家族〟だ。

この世界で、唯一自分の命よりも大切だと言えるかけがえのない存在だ。

それだけは、確かだった。

7

最期の場所は月が見える砂浜がいい。

花織はそう言った。

だから僕たちが向かったのは、西浜だった。

江ノ島駅から南に少し歩いていったところにある、この辺りでは有名な砂浜だ。景観が美しいことで名高い海岸であり、蒼い月が美しい〝月の道〟を作る幻想的な地であり……そして僕たちが出会った場所でもあった。

「んー、ここに章くんと来るのもひさしぶりな気がするなー」

花織がそう言って目を細める。

今日の月はブルームーンではないのだけれど、それに負けないくらいに美しい蒼に染まっていた。月から分かたれた光は蒼い雨となって地上に降り注ぎ、辺りを神秘的な光景に変えている。まるでこれから訪れるその時を彩るかのように。

「なっつかしいー。ここで章くんが徘徊《はいかい》してたんだよね」

「……徘徊じゃなくて、散歩ね」

「えー、似たようなものだって」

そう口にして笑う。

蒼い光に照らされたその笑顔は、いつもよりもどこか儚げで今にも消えてしまいそうに見えた。

「……うん、やっぱりここがぴったりだよね。わたしたちが〝家族〟になったはじまりの場所であり、水族館からいっしょにブルームーンを眺めた場所であり、そして終わりの場所である。過去と現在と未来が交錯する場所だよ」

「花織……」

一瞬彼女のことを何と呼ぶべきか戸惑う。

月子なのか、茅野さんなのか、花織なのか。そのどれもが彼女を指すものであり、僕にとってかけがえのないものだ。

そんな僕の内心に気付いたのか、彼女はこう言った。

「わたしは月子だし、茅野さんであり、花織だよ。それは章くんと過ごした過去であり、現在であり、未来であるんだから」

「そうだね……」

僕たちは並んで砂浜に座りこんだまま、とりとめのない話をした。

それはこれまでのことであり、今のことであり、あったかもしれないこれからのことであった。

そのままどれくらい経っただろうか。

真上にあった月が少しだけ西に場所を移す頃になって、花織は僕の顔を見た。

「……最期に、お願いをするね。三つめの未練。これはたぶん……すっごく身勝手で、章くんにとっては、残酷なお願い」

そう言うと花織はすっと立ち上がった。

音もなく移動して、まるで踊るように砂浜を歩く。

そして、真っ直ぐに僕の目を見て、こう言った。

「章くん……わたしを、忘れないで」

「え……？」

どうして彼女がそんなことを言うのか分からなかった。

だって僕は忘れない。

死神は『忘却』から逃れられる唯一の存在だ。『忘却』することなく、未来へと思い出を繋ぎ続けることができるただ一つの世界の仕組み。

だからこそ、僕はこうして死神で在り続けているのだから。

困惑する僕に、花織は少しだけ迷ったようにこう口にした。

「……あのね、死神の、乙種の死神の仕事は、いつでも辞められるの」

「え？」

「……辞めたいと望めば、今すぐにでも章くんは、『死』と『忘却』に煩わされることのない普通の生活に戻れるんだよ」

それははじめて聞く話だった。

いつでも……辞められる？

死神の、仕事を……？

その問いに、花織はこくりとうなずく。

「だけど章くんがわたしのことを覚えていられるのは、死神の仕事をしている間だけ。

だからもしも章くんが死神を辞めれば、その時にはわたしとの思い出を再び全て喪うことになる」

「それって……」

僕の言葉に、花織はうなずいた。

「それはつまり章くんに……わたしがいなくなった後も、ずっとずっと死神の仕事を続けてくれって言っているのと同じことなんだよ。一人で死神を続けて、『忘却』される人たちに関わって、その未練を解消する手伝いをする。……わたしは、この五年間だけでも何回も投げ出したくなる時があった。心がすり切れそうになることが何回もあった。それを、これから先の人生でずっと続けていくことを、章くんに強いることになる……」

「……」

「そんなの……わたしのエゴだってことは分かってる。ワガママなのは分かってる。死神の仕事を続けることが、優しい章くんにとってどれだけしんどいことか、分かってるんだよ。ごめんね、最期の最期でこんな後出しをして。でも、でも、それでも、わたしは……」

きゅっと唇を嚙みしめて、花織は下を向く。

「わたしは……」

　それ以上の言葉を、僕は言わせなかった。

　花織の肩に手をやると、全ての言葉を塞ぐようにして彼女を抱き締める。

「章、くん……？」

「忘れないよ」

　ありったけの想いを込めて、そう伝えた。

「僕は花織のことを忘れない。もちろん月子のことも、茅野さんのことも。絶対に忘れない。それは花織に言われたからじゃない。僕がそうしたいから、するんだ」

　確かに死神の仕事は楽じゃないかもしれない。

　心をすり減らし、やがては蝕《むしば》んでいく重荷かもしれない。

　だけど、それだけれども……その負担を背負うこと以上に、花織との思い出を喪うことの方が僕には怖かった。『忘却』をしていたこの五年間のことを思うとゾッとする。かけがえのない何かを忘れて、ただつかみどころのない喪失感だけが去来する毎日。そんな抜け殻のような日々を生きていくなんて、考えられなかった。

　僕はこの思い出を持っていく。

　死神としての役割とともに。

もうそのことは決めていた。

「章、くん……」

震えるような花織の声。

それを耳元に感じながら、さらに強く抱き締める。

花織の体温が感じられた。温かくて柔らかくて優しい、彼女の生きている証《あかし》。きっと僕の体温も花織に伝わっているのだろう。心臓の鼓動が会話をするように響き合っているのが聞こえた。やがて二つの鼓動は混じり合って一つになる。

そうして僕らは、何度目かになるキスをした。

この時間が、永遠に続けばいいのにと思った。

「楽しかったよ」

花織はそう言った。

「楽しかった。一生分の幸せを章くんにはもらった。幸せな人生だった」

「うん、僕も楽しかった」

「毎日がドキドキだった。ドキドキとワクワクが止まらなくて、心臓が時限爆弾みたいだった」

「それって、赤と青のコードがあるやつ？」

「そうそう、それそれ。間違えると章くんも巻き込んで大爆発するの」

「大爆発は困る……」

「あはは、ほんとだね。でもそれくらい、刺激的な毎日だったんだよ」

「……」

「……」

「章くんと〝家族〟になれてよかった。唯一の〝家族〟が章くんでよかった」

本当に満ち足りた顔でそう口にする。僕は涙が出そうになった。

「惜しむらくは、章くんと子どもを作って、新しい〝家族〟を作れなかったことかなー」

「それは……」

「あれあれ、何か赤くなってない？」

「……なってない」

「えー、なってるって。蒼いんだか赤いんだかよく分かんないぞー？」

「……」

「……」

「ね、章くん」

「ん？」

「……わたしがいなくなったら、新しくいい人を作っていいからね」

「そんなことしない」

「えー、じゃあ章くんはずっと独り身なの？　一生？」

「それもいいかもな」

「よくない。わたしがいなくなったらすぐにいい人を作ること。これは命令」

そうしないとホントに一生独りでいそうだから。そう言って花織は笑った。

そのままどれくらい僕たちは話し続けていただろう。

月はさらにもう少しだけ傾いて、同時にその蒼をさらに増していた。

やがて花織は僕から離れると、波打ち際へと足を踏み入れた。

「〝月の道〟を真っ直ぐに歩いていけば、月まで辿り着ける。そんな風に思ってた時があったっけ……」

そう言うと、花織はそのまま海へと入っていった。

押し寄せる波が、彼女のスカートを濡らす。

「そのまま、行って」

花織は強くそう言った。

「章くんには、わたしの、綺麗な姿を覚えていてほしい。泣き顔とかじゃなくて、綺麗に笑っていて、輝いていて、満たされていたわたしを」

〝月の道〟を歩きながら、こっちを振り返る彼女の姿。

蒼い月光に照らされて、キラキラと輝く透明な水面に彩られて、その中で凜《りん》として立つ姿は、恐ろしいほど綺麗だった。

きっと僕はこの時のことを忘れない。

これから先どんなに時が経っても、花織がいないたくさんの記憶が積み重なっても、僕がやがて彼女のところに行く日が来るまで、この時の思い出は僕の中で燦然《さんぜん》と輝き続けるだろう。

とても優しくて、とても魅力的な、恋する死神と。

僕が忘れて、そして思い出した夏のことを。

「またね、花織」

「うん、またね、章くん」

それだけ言って、僕は花織に背を向ける。

何かをすすり上げる声が聞こえてきた。

振り返ることは、しなかった。

夜の砂浜に、僕の足跡だけがその確かな存在を刻んでいく。
蒼い月だけが、ただ約束の光を柔らかくたたえていた。

それが、彼女と会った最後だった。
夏休みが明けて、登校した時に、僕は彼女がこの世界から消えたことを知った。

エピローグ『真実の花』

☆

――一年が過ぎた。

彼女が、花織が『忘却』されてから四つの季節が巡っていた。

僕は変わらずに……死神の仕事を続けていた。

たくさんの人たちと出会った。

『忘却』されて、世界から静かに消えゆく多くの人たちの最期の未練を解消する手伝いをした。

死神の仕事はだいたい月に一度くらいの割合で発注された。一人の未練の解消にかかる日数はおおよそ一週間ほどだったから、なかなかにハードな職務だ。

だけど今日この日だけは、ここでの時間を優先することが決まっている。

何であろうと、それを邪魔することは叶わない。

だれもいない、夜の水族館。

この場所で過ごす時間は、僕だけの――死神だけの特権だった。

死神のフリーパス。

『忘却』に関わることで、その存在が限りなく『忘却』に近づくことによる、副産物だと最近知った。

人のいないメインプールは、静寂に包まれていた。

聞こえてくるのは遠くでかすかに響く波の音だけ。辺りを覆い尽くす夜の帳とは対照的に、空にはまるで海の色を溶かしたみたいに鮮やかに蒼く輝く月が浮かんでいる。

――また、会えたね。

そんな声が聞こえたような気がした。

僕の心の中の、記憶という名の宝箱の中に眠っている、彼女との煌めくような宝石。

蒼い月に照らされて、それらは色あせることなくキラキラと輝いている。

僕はまだ覚えている。

春子さんのことを。

サチちゃんのことを。

夕奈さんのことを。

そして……いつだって明るい向日葵のような笑みを浮かべていた、恋する死神のことを。

「花織……」

つい先日——知ったことがある。

はじめて知ることになった……真実がある。

彼女が隠していた、死神へと至る優しい嘘を。

彼女の想いは、はじめて出会った時から、六年前からずっと傍らにあったことを、僕はその時に知った。

先日、新たに届いた指示書のことを思い出す。

それは奇妙な内容だった。

いつものように、ゆうパックで届いた死神の指示書。

指示書には、こう書かれていた。

『交通事故。中学生の姉妹二人。どちらかが甲種死神となる素養あり。本人たちの選択を確認されたし』

どういうことなのだろう。

今まで、こんなことはなかった。ただ対象者の氏名と年齢、簡単なプロフィールと、『死』を迎える時期のみが書かれているだけだったのに。

怪訝に思いながら、指定されている場所へと向かう。

書かれていた先は病院だった。

かつて春子さんが入院していた、鎌倉の病院。

対象者は、事故に遭ってこの病院に入院しているのだという。居眠り運転をしていたトラックが歩道に突っ込んで、歩いていた姉妹を巻き添えにするという事故のようだった。

静まり返った病院内を、リノリウムの床を擦りながら進む。

だれとも遭遇しないし咎められないのは、死神のフリーパスのおかげだ。

やがて病室へと辿り着く。

春子さんが使っていたのと同じ……二階の一番奥の個室だった。

「だれ……？」

部屋に入ると気配を察したのか、カーテンの向こうから声がかけられた。

「僕は、死神だよ」

「死神……？」

「うん、そう。あのね、これから君たちに伝えなければいけないことがあるんだ——」

死神とその仕事について説明をする。荒唐無稽な話なのだけれど、いつも対象者は不思議と疑うことなく信じてくれた。話を終えると、カーテンの向こうから弱々しい声が漏れ聞こえてきた。

「それじゃあ……わたしたちは、わたしと妹は死ぬってことなの……？」

髪の長い少女——おそらく姉の方なのだろう——の問いに、僕は首を横に振る。

「実は……それはまだ分からないんだ」

「分からない……？」

「うん」

指示書に書かれている言葉。

その文面からは、果たしてこの姉妹のどちらが『死』と『忘却』の運命にさらされるのか、判然としないのだ。

こんなことはこれまで一度もなかった。

この時点でも、どちらに『死』の運命が降りかかるのか、確定していないなんていうことは。

ただ何となくの予想はついた。

おそらくは……

「……たぶんだけど、君たちの内、どちらか一人が死神になるということなんだと思う」

「死神に……？」

「……うん」

きっとそういうことなんだろう。

乙種の死神を選別する時にも本人の選択が伴った。まったく、この世界の神様は選択が好きなのだろうか。それとも選択という名の能動的な行為をさせておけば、自分たちの責任がなくなるとでも思っているのだろうか。

ともあれ僕のその言葉に、

「だったら、わたしがなる」

少女はきっぱりとそう言った。

「わたしがその死神になって、『死』と『忘却』の運命を受け入れる。そうすれば妹は助かるんでしょう……？」

それはその通りだった。

死神になるということは、すなわちいずれ訪れる『死』と『忘却』の運命の確約がなされるということだ。いずれ『忘却』される者の中から死神は選ばれる。それは逆説的にいえば死神に選ばれた者は『死』と『忘却』の運命を背負うということだ。そして今日この場でその運命が確定するのは一人。ならばそれが定められれば、必然的にもう一人は『死』と『忘却』の運命からは逃れられることになる。

「分かったよ。それじゃあ君が死神になるってことで――」

言いかけて、はたと気付く。

「……？」

待て、これはどういうことだ……？

今のこの状況。

二人が事故に遭い、そしてそのどちらかが甲種の死神に選ばれるという分岐点。

……そうだ。

……僕はこれとよく似た状況を知っている。

……かつてこの身で、経験している……

「……っ……」

衝撃が奔《はし》った。

頭を死神の鎌でぶん殴られたかのような気分だった。

ああ、そうか、そういうことだったのか……

ようやく真実に辿り着いた。

花織が僕にしてくれたこと。

文字通り……本当に文字通り、僕は花織に命を救われていたのだ。それも一度ではなく、二度。

彼女は僕の命を救うために死神になることを選び、『忘却』されることを受け入れ、そして過酷な死神の仕事をこなしていたのだ。

五年もの間、たった一人で。

最期の最期まで、彼女はそのことを隠し通していた。優しい彼女のことだから、きっと、僕に余計な負い目を背負わせないために。

「死神さん……？」

「え？　ああ、ごめん、何でもないんだ」

「……？」

不思議そうな声を向けてくる少女にそう返す。

彼女と同じ選択をした……その新米の死神見習いに。


蒼い月の光が、まるで優しい雨のように降り注いでいた。

その柔らかな輝きに、僕は我に返る。

気が付けば、一時間ほど経っていた。

ポケットでスマホが振動して、着信の報せを告げていた。おそらく新しく助手となったあの子がかけてきたのだろう。

小さく息を吐きながら立ち上がる。

首にかけられたチョウチョウウオのネックレスが風に吹かれて揺れる。

感傷の時間はお終《しま》いだ。

僕は今ここにいる。

確かな輝きを胸に、存在している。

彼女に救われた命。

その命を使って、彼女の思い出という名の宝石を引き継いでいくことは、必然なのだと思う。
——蒼い月の下で将来を誓い合った二人は、奇跡に祝福されて永遠に結ばれるんだよ。

僕たちの心は永遠に結ばれている。
それは奇跡という名の祝福の、輝くような賜物《たまもの》だ。
彼女の「にひひ」という笑い声が聞こえたような気がした。

かけがえのない彼女の言葉を胸に、僕は今日も死神を続けている。

五十嵐雄策 著作リスト

ぼくたちのなつやすみ　過去と未来と、約束の秘密基地（メディアワークス文庫）
七日間の幽霊、八日目の彼女（同）

ひとり旅の神様（同）
ひとり旅の神様2（同）
いつかきみに七月の雪を見せてあげる（同）
下町俳句お弁当処　芭蕉庵のおもてなし（同）
恋する死神と、僕が忘れた夏（同）
乃木坂春香の秘密①～⑯（電撃文庫）
はにかみトライアングル①～⑦（同）
小春原日和の育成日記①～⑤（同）
花屋敷澄花の聖地巡礼①②（同）
城ヶ先奈央と電撃文庫作家になるための10のメソッド（同）
続・城ヶ先奈央と電撃文庫作家になるための10のメソッド（同）
城姫クエスト　僕が城主になったわけ（同）
城姫クエスト②　僕と銀杏の心の旅（同）
SE-Xふぁいる　ようこそ、斎条東高校「超常現象☆探求部」へ！（同）
SE-Xふぁいる　シーズン2　ようこそ、斎条東高校「超常現象☆探求部」の秘密（同）
幸せ二世帯同居計画　～妖精さんのお話～（同）
終わる世界の片隅で、また君に恋をする（同）
乃木坂明日夏の秘密（同）

本書は書き下ろしです。

メディアワークス文庫

恋《こい》する死神《しにがみ》と、僕《ぼく》が忘《わす》れた夏《なつ》

五十嵐雄策《いがらしゆうさく》

2018年8月25日　初版発行

発行者　郡司 聡
発行　株式会社KADOKAWA
〒102 - 8177　東京都千代田区富士見2 - 13 - 3
0570-06-4008（ナビダイヤル）
装丁者　渡辺宏一（有限会社ニイナナニイゴオ）
印刷　株式会社暁印刷
製本　株式会社ビルディング・ブックセンター

ISBN978-4-04-912042-4 C0193

メディアワークス文庫　http://mwbunko.com/

本書に対するご意見、ご感想をお寄せください。
あて先
〒102-8584　東京都千代田区富士見1-8-19
メディアワークス文庫編集部
「五十嵐雄策先生」係